徳 間 文 庫

警察庁ノマド調査官 朝倉真冬

男鹿(おが)ナマハゲ殺人事件

鳴 神 響 一

徳 間 書 店

目次

プロローグ

「静かだな……」

清水政司は耳を澄ませた。

男鹿半島の山深い「真山の万体仏」と呼ばれる仏堂のなかだった。

いま、山上の真山神社では毎年二月恒例の「なまはげ柴灯まつり」が開かれている。

真山神社境内の広場に焚かれた柴灯火に照らされて、たいまつを手にしたナマハゲたちが山から下りてくる勇壮な祭は男鹿でも人気の観光行事である。

境内はたくさんの観光客で賑わっているはずだ。

一キロちょっと下ったこの堂内には山上の喧噪も届かず、深い静寂に包まれていた。

あたかもしんしんと雪の降る音が聞こえてくるような錯覚さえ生まれるほどだ。

時おり、寒風が杉の梢を揺らすざわざわという音が聞こえてくる。

雪国の秋田でも、ここ男鹿の地は海に突き出しているためにそれほどの積雪量がないことが多かった。

いまも闇空からは粉雪がちらほらと落ちているだけだった。

足もとの板床から冷えが忍び寄ってくる。

暖房もないこんなところで長時間立っているのはつらい。

とは言え、清水は下着からかなりの防寒対策を施してきた。

もともと秋田人だから、これくらいの寒さに驚くことはない。

「しかし奇妙な場所だ」

清水は堂内を見まわしてつぶやいた。

正面には本尊を祀(まつ)った須弥壇(しゅみだん)があり、周囲にはのっぺらぼうの無数の木像が壁一面に並んでいる。

外灯の明かりに照らされる万体仏は素朴だが、それだけに無名の人々のつよい思念がこもっているような不気味さがあった。

だが、清水はそんなことを気にする男ではなかった。

ナマハゲにも、なまはげ柴灯まつりにも清水は興味をもってはいなかった。

相手がこんな不便な万体仏を選んだのは、人目につかぬ場所だからに違いない。

目的を達することができるのなら、荒れ狂う波が逆巻く入道崎(にゅうどうざき)でもどこへでも出かけてゆくつもりだった。

「金さえもらえればそれでいい」

切羽詰まっていた。

いま金が入らねば、かなり苦しいことになる。

雪を踏む足音に清水はハッとした。

ガガッと嫌な音を立てて引き戸が開いた。

待っていた相手が現れた。

「待たせましたね」

静かな声が響いた。

黒っぽいダウンコートに粉雪がちりばめられたように付着している。

この格好で長道(ながみち)を歩くのは無理だから、どこかにクルマを駐(と)めてあるのだろう。

右手には黒っぽい大きなスポーツバッグを下げている。

あのなかに金が入っているに違いない。

引き戸はふたたび閉じられた。

「金は持って来たか？」

清水は早口で尋ねた。

堂内をゆっくりこちらに近づいて来る。

「ええ、ここに持って来ましたよ」

唇をゆがめて笑いながら、相手はコートのポケットに手を突っ込んだ。

そんなところに約束の金が入るはずもない。バッグではないのか……。

「小切手なのか？」

「いえ、これです」

目の前に黒いものが突き出された。

プシュッと空気を切り裂く音が響いた。

右の胸に激痛が走った。

「あがが」

声にならぬ声を出して清水はそのまま板床に倒れ伏した。

頭の後ろが砕け散るような感覚が襲った。

清水の意識は二度と戻らぬ幽冥(ゆうめい)の底へと落ちていった。

堂内には戸口から吹き込む風とともに粉雪が舞い続けていた。

第一章　霊山

1

八月のなかば、紺碧色の空がひろがっている日だった。

朝倉真冬は秋田に来ていた。

男鹿半島の山間部に建つなまはげ館の展示室でたくさんのナマハゲを見ていたのだ。

もちろん観光ではない。警察庁地方特別調査官の職務としての男鹿入りだった。

百体は超えるナマハゲのデザインの多様さに驚いたが、そのうちのひとつの赤い面に惹きつけられて、じっと見入っていた。

「そのナマハゲ面が気に入りましたか」

背中から声を掛けられ、真冬は驚いて振り返った。

よく通る温和な感じの声だった。

振り返ると、ひとりの中背の男が立っていた。

二〇代後半くらいか。白いシャツにチノパンをはいている。

色白の細面に高い鼻。両目は知的な光に輝いている。

「あ……はい。そうなんです」

とまどいながら、真冬は答えた。

「急にお声を掛けて失礼しました……その面をずっと見ていらっしゃったので、つい……」

男はわずかに頬（ほお）を染めた。

容貌から想像した通り、品のよいジェントルな雰囲気に真冬は安堵（あんど）した。

同時にじっと見入っていたのはおかしな姿だったかなと恥ずかしくなった。

「素敵なお面が多いですけど、これがいちばん気に入ったんです」

気持ちを飾るゆとりもなく真冬はそのまま言葉にした。

「それは入道崎集落のナマハゲ面です」

くだんの面に視線を移して男は答えた。

「入道崎は男鹿半島の突端の岬ですよね」

岩礁の岬が草で覆われ、白黒だんだら模様の灯台が淋しげに立っている。

そんな光景を真冬は観光サイトの写真で見ていた。

「ええ、岬の近くに戸数は多くないのですが集落があります。この面は正月のナマハゲ行事の際に入道崎集落で実際に使うものと同じかたちです。木製面ですが、調査の結果、非常に古い材料を使っていることがわかっています」

男はさらりと説明を加えた。

「あの……失礼ですが、こちらの学芸員さんでいらっしゃいますか？」

真冬の問いに男はちいさく首を横に振った。

「あ、すみません。僕はここの人間ではありません」

男はシンプルな名刺を差し出した。

――東北大学大学院　広域文化学専攻文化人類学研究室　浪岡顕人(なみおかあきと)

「学生さんなんですか。学芸員さんかと思いました」

大学院生だとすると、二五歳くらいか。

「ええ、博士課程後期の三年です。男鹿のナマハゲ面と世界各地の祭祀(さいし)面についての研究を専攻しています」

「浪岡さんですね。よろしくお願いします。わたし、フリーライターの朝倉真冬と申します」

真冬はフリーライターの名刺を渡した。

「へぇー、ライターさんなのですね。どおりでふつうの観光客とは熱の入れ方が違っていたわけです」

浪岡は得心がいったようにうなずいた。

「はい、今回も仕事で参りました。旅行誌の関係なんです」

地方特別調査官を拝命して四ヶ月が過ぎた。すでにこれくらいの受け答えは自然にできるようになっている。

真冬は《旅のノート》と《トラベラーズ・マガジン》の二誌にライター登録をしている。

警察庁からの依頼であり、第三者から照会があった場合に、自分の社と契約しているフリーライターだと答えてもらえる手はずになっている。むろん、真冬の調査官の職責などについては一切伝えてはいなかった。

「いいですね、ナマハゲをご紹介頂けるのは携(たずさ)わっている人間のひとりとして嬉しいです」

言葉に違わず、嬉しそうな笑みをたたえて浪岡は言った。

「ナマハゲを研究なさっているんですね」

真冬は身を乗り出して訊いた。

「はい、それでここにもよく顔を出しています。学芸員と間違えられることが多いんですよ」

浪岡はやわらかい笑みを浮かべた。

やはり専門家なのだ。よい人間と知り合えた。

「わたしもてっきり学芸員さんかと思いました……でも東北大学って仙台にあるんですよね」

ここへよく顔を出しているというから男鹿の住民かと思っていた。

「いまは夏休みの最中です。でも、うちの専攻は後期課程に入るとフィールドワークをしなくてはならないのです。ナマハゲを調査するために船川市内に安アパートを借りて住んでます。大学にはときどき顔を出すくらいで、三月までは男鹿にいる予定です。大学院に入る前に勤めてたこともあるんで年は食ってます……二八歳です」

照れたように浪岡は笑った。なるほど年齢相応だし、学生っぽさがないはずだ。

真冬よりひとつ年下だが、同世代というわけである。

「浪岡さんはナマハゲについて専門的な知識をお持ちなんですよね」

期待を込めて真冬は尋ねた。

「まぁ、多少は……」

謙虚な言葉を口にしたが、浪岡の表情は自信に満ちていた。

「わたし、ナマハゲについていろいろなことを知りたいんです」

真冬は声を弾ませた。

「基本のキなんですが、ナマハゲとなまはげって、どう違うと思いますか」

浪岡は奇妙な質問をした。真冬にはわけがわからなかった。

「……ちょっとご質問の意味がわかりません」

素直に答えるほかなかった。

「ごめんなさい。音で聞いてもわからないですよね。カタカナで『ナマハゲ』と書く場合と、ひらがなで『なまはげ』と書く場合がありますよね」

おもしろそうに浪岡は言った。

「たしかにその両方を見たことがありますが……」

「なんでふたつの表記があるとお思いですか？」

畳みかけるように浪岡は訊いた。

子どものような無邪気な笑顔だった。

「え、そのふたつに違う意味があるんですか？」

真冬はとまどいの声を出した。

「はい、男鹿半島の各集落でむかしから続いてきた風習で、大晦日にやってくる来訪神そのものと、彼らにまつわる行事をナマハゲとカタカナ表記します。一九七八年に『男鹿のナマハゲ』として国の重要無形民俗文化財に指定され、二〇一八年にユネスコ無形文化遺産『来訪神　仮面・仮装の神々』のひとつとして登録されているのはカタカナのナマハゲです。この行事を観光利用する際にはひらがな表記でなまはげと記しています」

嬉しそうに浪岡は答えた。

「そ、そうだったんですか！」

正直、予想もできない答えだった。

たしかに、なまはげの意匠は、ポスターなどのＰＲであちこちで使われている。

だが、本当のナマハゲは大晦日の夜にしか現れないのだ。

「はい、意外と知っている人が少ないんですよ」

「あ、だから、なまはげ柴灯まつりはひらがななんですね」

「はい、おっしゃるとおりです」

「ところで、今年の二月のなまはげ柴灯まつりにはお出かけになりましたか」

「ええ、あのお祭りにはちゃんと意味がありますから」

浪岡はあいまいな表情でうなずいた。

「あの、浪岡さん、お時間ありますか？」

真冬は身を乗り出すようにして訊いた。

「ええ、この後の予定は夕方まで入っていません」

浪岡はちいさくあごを引いた。

「ゆっくりお話を伺いたいのです。取材させてください」

真冬はていねいに頭を下げた。

「けっこうですよ。ナマハゲのことをお話しするのは楽しいですから」

満面に笑みをたたえて浪岡は答えた。

「ありがとうございます。ロビーの休憩スペースに参りましょうか」

真冬は展示室の外に手を差し伸べた。

「それならここから二〇〇メートルくらい登った真山神社の駐車場のところに喫茶店

がありますので、そこではどうですか」

　喫茶店ならテーブルもあるし、ゆっくりできるだろう。

「わかりました。じゃあわたしのクルマで行きましょう」

　真冬の誘いに浪岡はさわやかに答えた。

「僕はバイクなんで」

「わかりました。じゃああとに従っていきます」

　真冬は売店で各集落のナマハゲ面のカラー写真が網羅されているA４判の美しい写真集を買った。

　ふたりは連れだってなまはげ館から外へ出ると、クルマとバイクに分かれて真山神社を目指した。

2

　浪岡が連れて行ったのは素朴なオープンカフェだった。

　庇（ひさし）が大きく出ているテラス席にふたりは座った。

　テーブルは大きな杉材の原木スライスを二枚つないだワイルドなものだった。

真冬たちは切り株のような椅子に座った。

右手には真山神社の仁王門の青屋根が木々の間から見える。

「あんなに数多くのナマハゲ面があったなんて、思いもしませんでした」

真冬は素直な驚きの言葉を口にした。

「そうですね、なまはげ館には一五〇枚も展示してありますからね。集落でいくつものナマハゲ面を作っているのがふつうですので、実際にはもう少し多いと思いますよ」

浪岡はにこやかに言った。

「ユーモラスなものや怖い形相のもの、なかは宇宙人のようなお面もありましたね」

展示室の色とりどりのさまざまな面を真冬は思い出していた。

「ははは、たしかに宇宙人に見えるような容貌を持った面もありますね。各集落で住民の方々がむかしから伝承されているナマハゲ面を直したり、作り直したりしているんです。だから、その面を最初にデザインしたのが誰かはわからないのがふつうです。各集落の人々の創意工夫でさまざまなかたちが生み出されてきたのです。ナマハゲは男鹿半島の各集落で大晦日に行われる民俗行事と、その際に面をつけて『ケデ』という藁（わら）の衣装を着けて訪れる来訪神のことを指します」

「鬼じゃないんですね」

　ずっと鬼の仲間だと真冬は思い込んでいた。

「ええ、ユネスコの文化遺産登録でも認められたように来訪神で、神さまの一種です。ところが、角があるナマハゲ面も多いために、いつの間にか鬼と混同されてしまったんですよ」

「神さまとは思っていませんでした」

　真冬の言葉に浪岡は笑顔を浮かべてうなずいた。

「年に一度決まった時期に家々を訪れる神さまです。むかしは旧正月の太陰暦正月一五日に行われていたのですが、戦後は大晦日の晩に行われるようになりました。民俗学者の折口信夫はマレビトと呼んで、これらの来訪神を日本人の信仰を知るための重要な概念と考えていました。ユネスコに登録された日本の来訪神には石川県能登のアマメハギ、鹿児島県悪石島のボゼ、宮古島のパーントゥなどほかに九種類もあります」

「石川県にもあるんですか！」

　真冬は驚きの声を上げた。

　自分の出身県なのにまったく知らなかった。

「アマメハギは石川県の輪島市や能登町で行われる行事で、扮装も行事もナマハゲにそっくりなんですよ」

「まったく知りませんでした」

加賀人は能登の文化には疎いことがある。

「こうした来訪神は世界中の各地に存在します。メラネシア・ニューブリテン島のドゥク・ドゥク、スロベニア共和国の来訪神クーレント、ドイツのバイエルン州のブットマンドル、オーストリアのシャーブやクランプスなど枚挙にいとまがありません。オーストリアのクランプスは見た目もナマハゲにそっくりなんです。このあたりを話し始めるときりがないんでこのくらいで」

浪岡は愉快そうに言った。

きっと浪岡の研究対象なのだろう。

「藁ミノみたいな『ケデ』というあの衣装も独特ですよね」

大きく浪岡はうなずいた。

「あれは、その年に収穫されたいちばん背丈のある稲から作ります。豊作を祈る集落の人々の祈りが込められたものです」

「ところでナマハゲってどういう意味なんですか」

そもそも基本的なことがわからなかった。

「ずっと囲炉裏(いろり)にあたると手足にナモミという低温火傷(やけど)ができることがあるらしいんですね。これを剝(は)いで怠(なま)け者を懲(こ)らしめて、同時に災いを払い、村人に祝福を与えるわけです。ナモミ剝ぎからナマハゲに転訛(てんか)したものとされています」

「わたし、ナマハゲに懲らしめられちゃうな」

「あははは、それこそ僕ですよ。働きもしないで毎日ぶらぶらしてるんですから」

浪岡は声を立てて笑った。

「浪岡さんは研究しているじゃないですか」

「世の中の役に立たない研究ですけどね」

まじめな顔に変わって浪岡はつぶやくように言った。

「古くからの行事なんですよね？」

どう答えていいかわからず、真冬はあらたな質問をした。

「少なくとも二〇〇年の歴史があるとされています。菅江真澄(すがえますみ)という名を知っていますか？」

「いいえ、知りません」

真冬は初めて聞く名前だった。

「江戸時代の漢学、和学、博物学の学者であり紀行家です。三〇歳で郷里の三河国(みかわのくに)を旅立ち、おもに陸奥国(むつのくに)と蝦夷国(えぞのくに)をまわって絵入りの紀行文を多数残した人物です。菅江真澄は男鹿も何度も訪れてナマハゲの記録も残しました。第九代久保田藩主の佐竹義和(たけよしかず)にその才を認められて秋田の地に留まり、この地で生を終えました。民俗学者の柳田國男(やなぎたくにお)は菅江のことを『日本民俗学の祖』と呼んでいます。文政五年、というから一八二二年ですね。菅江真澄が『ナモミハギ』として残した記録がもっとも古いものです」

「では、もっと古い可能性もあるんですね？」

「はい。現在、唱えられている四つのナマハゲ起源の説を考えると、さらに古そうですね。まず、漢の武帝(ぶてい)が男鹿を訪れたときに連れてきた五匹のコウモリが鬼のような姿に変わった。これが起源だとする説。男鹿の真山と本山は修験道の霊場でしたが、この修験者たちの姿が変わってナマハゲになったとする説。男鹿半島の山の神が元となったとする説。男鹿の海岸に漂着したロシアやスペインなどの外国人の姿だとする説などがあります。どの説もあいまいで時代もはっきりしません。ですが、たとえば、男鹿の修験道は江戸初期にはほとんど滅びているので、もっとむかしの時代だと考えてもおかしくありません」

浪岡は熱を込めて説明した。

「どの説だとしてもナマハゲって不思議ですね」

正体がつかめない不思議な存在がナマハゲだと真冬は感じた。

「はい、なまはげとして昨今は観光化されていますが、ナマハゲは研究対象として非常に興味深いものです。大晦日の習俗行事のナマハゲは、本来は集落内の未婚の男性がつとめるのが習わしとなっています。ですが、地域の過疎化や住民の高齢化のために、なり手が減ってしまって既婚者や高齢者、場合によっては地域外の人がつとめることも増えています」

浮かない顔で浪岡は言った。

「なまはげ柴灯(せど)まつりについて伺いたいのですが……」

今回の真冬の調査に必要な情報だった。

「あのお祭りは一月三日に真山神社で行われている神事の柴灯祭(さいとうさい)を、観光用にモディファイしたものです」

浪岡は真冬の目をまっすぐに見て言った。

「柴灯祭と、なまはげ柴灯まつりですか。ややこしいですね」

真冬はふたつの祭りがあることも知らなかった。

「ええ、本来の柴灯祭は、九〇〇年の歴史を持つ由緒ある祭りです。真山神社の境内で柴灯と呼ばれる炎を炊き上げ、その炎で餅をあぶります。あぶった餅を山上の神に献上するのですが、餅を受け取るためにナマハゲたちが下山してきます。神官が村内安全、五穀豊穣、大漁満足、悪疫除去の祈りを捧げると、餅を受けたナマハゲたちは山に帰ってゆくという厳かな神事です。歴史上、いつからこの祭りにナマハゲが登場するのかを含めて学術的にも興味ある祭りです」

「なまはげ柴灯まつりは、違うんですね」

畳みかけるように真冬は訊いた。

「真山神社の神官と地元の人々が中心となって行われる柴灯祭とは異なり、こちらはたくさんのスポンサーがついて華やかに行われる観光イベントです。一八時のなまはげ入魂というイベントから始まり、なまはげ行事の再現、なまはげ踊り、なまはげ太鼓などが続きます。最後に真山神社の柴灯祭をモデルとした、なまはげ下山・献餅という行事で一九時半頃に終了します。秋田だけではなく、全国各地から多くの観光客が集まる大変に賑やかな行事なんです」

微妙な顔つきで浪岡は答えた。

「その晩はたくさんの人が真山神社に集まるのですね」

真冬は浪岡の顔を見て尋ねた。

「ええ、正確な人出は知りませんが、年間で最も多くの人間が真山神社に集まる日であることは間違いありません。学術的な価値はあまりありませんが、ナマハゲを世の中にひろめ、多くの人に注目してもらうためには重要なイベントだと思っています」

浪岡は奥歯にものの挟まったような言葉で答えた。

研究者としては観光用のなまはげ行事には複雑な思いを抱いているのかもしれない。

「すごく勉強になりました。わたし、今回は、まずナマハゲについて知りたかったんです」

感謝を込めて真冬は頭を下げた。

「ナマハゲを知りたいというお言葉はとてもありがたいです。わざわざ男鹿にまでおいでになったんですものね」

浪岡は屈託のない笑顔を浮かべた。

「はい、今回の仕事はわたしにとって大事なものなんです」

毅然とした声で真冬は答えた。

真冬が男鹿半島を訪れたのは警察庁長官官房審議官（刑事局担当）の明智光興（あけちみつおき）警視監からの下命であることは言うまでもない。明智審議官は事実上の刑事局次長相当職である。

今回の真冬に下された命令は、今年の二月一九日の夜に男鹿市真山地区の万体仏と呼ばれる仏堂で起きた殺人事件の調査だった。被害者は清水政司という五五歳の秋田市在住の経営コンサルタントだった。秋田県警は男鹿船川警察署に捜査本部を設置して半年近く捜査を継続していた。だが、現在も犯人の目星さえついていなかった。ただひとつ、捜査本部ではナマハゲの扮装をした犯人の姿の目撃証言を一件だけ把握できていた。

明智審議官は捜査が進まない背景に、秋田県警本部と男鹿船川警察署に不正、あるいは綱紀（こうき）のゆるみが存在するとの情報を得ていた。

警察庁に対して匿名の密告投書があった。密告者は秋田県警刑事部内の人間を称し、捜査が進展しないのは内部に不正や綱紀のゆるみなどの問題がある可能性を訴えていた。自分が不利益を受ける恐れがあるので警務部監査課には注進していないとも書き添えられていた。

その黒い霧を解明することが、真冬の地方特別調査官としての二回目の任務であった。

地方特別調査官は、監察官とは別の立場から全国都道府県警にひそむ問題点を調査するために明智審議官の建議で設けられた職種だった。

警察内部の不祥事の情報を把握した場合、警察庁、管区警察局および都道府県警察に置かれた監察官が、最初から計画的に監察を行うことを目的として動き出す。

これに対して地方特別調査官の職責は、不祥事の実態を調査したうえで、監察に及ばずとも済むような軽微なものについては警告に留めて事案は非公開で処理する。真冬の職責は都道府県警内の自浄作用を促すことを目的として設置されているのである。調査結果について明智が必要と判断した場合には、監察官に廻附し事案を公開することになる。

特別調査官の新規設置については、むろん長官官房に所属する首席監察官との合意が形成されている。

今後、本格的な運用がなされるかは真冬の仕事ぶりに掛かっているのだ。

今年の四月まで刑事局刑事企画課の課長補佐だった真冬にこの異動が命じられたときには、流刑にあったようなショックを受けた。警察官僚としての檜舞台を下ろされ、言葉は悪いがドサ回りを演じさせられるような気持ちになった。

真冬は自嘲的に、いまの職をノマド調査官と呼んでいる。

前回の初調査では遠山夫妻という心強い協力者がいてくれた。だが、今回は頼れる人は誰もいない。いわば真冬のノマド調査官としての本当の仕事始めだ。

真冬は男鹿半島という土地も初めて訪れた。

見知らぬ男鹿の地に足を踏み入れた昨夜のことを真冬は思い出していた。

3

昨日は東京を出るのが遅くなった。

午後いちばんくらいで出てこようと考えていたのだが、秋田新幹線こまちに乗れたのは午後二時過ぎで男鹿線の終点男鹿駅に着いたのは八時近くなる。

それにしても新幹線と男鹿線の連絡が悪く、秋田駅で四〇分以上も待たされるのには驚いた。時刻表を見ると、この列車だけが特に不便というわけではなさそうだ。

仕方がないので駅ビルのレストランに入って郷土料理の稲庭(いなにわ)うどんを食べた。全国的にも有名なうどんだけあって舌触りものどごしもとても素晴らしかった。

ようやく男鹿半島の中心地にある男鹿駅に着いた。東京から電車内で男鹿のことをある程度は調べてきたが、この駅は昭和四〇年代までは船川駅、男鹿線も船川線と呼ばれていたそうだ。いずれにしてもこのあたり一体は重要港湾の船川港を擁する船川という地名なのだ。

キャリーバッグを引きながらホームを歩くと、だだっ広い埋め立て地が見えた。目の前に立ちはだかるＲＣ三階の建物は真冬が調査対象としている男鹿船川警察署だった。

真冬は身が引き締まるのを覚えた。

真新しい駅舎を出ると、「祝　来訪神：仮面・仮装の神々『男鹿のナマハゲ』」と記されたカラー写真入りの横断幕が書かれている。また、小ぶりな駅前広場を囲むフェンスにもナマハゲのイラストがいくつも描かれていた。

駅前には商業施設等がほとんどなく、わりあいがらんとした雰囲気だった。

マップを確認して駅前まっすぐの道を進むと、いくらもしないうちに予約を入れてある《ホテル船川》が現れた。

アイボリーのタイルを張り詰めた壁を持つ五階建てで、このあたりでは背の高い建物だが、ビジネスホテルとしては小規模なほうだろう。

入口のガラスの自動ドアが開くと、薄いピンク系のカーペットが敷き詰められたロビーだった。奥に白いフロントカウンターがあって、四〇代後半くらいの女性がひとり座っていた。

「いらっしゃいませ」

愛想笑いを浮かべて、女は椅子から立ち上がった。

細めの顔立ちは整っているが、どこか生活に疲れたような雰囲気が漂う女だった。

すらりと背が高く小花柄の紺色のワンピースが似合っていた。

「こんばんは。ご厄介になります」

真冬は明るい声であいさつした。

「朝倉さんですね。いまの列車で着く方はお客さんひとりだから……こちらをご記入ください」

女はカウンターに宿帳をひろげた。

真冬が住所氏名を記入していると、女が静かに訊いてきた。

「旅行ですか」

「いえ、わたしライターなんです」

なにかの役に立つこともあるかと思い、真冬は職業を名乗った。

「ああ、それで五日間も滞在なさるんですね。二、三泊以上する人は珍しいから」

女は納得したような声を出した。

「取材の都合で滞在期間が少し伸び縮みして、ご迷惑をおかけするかもしれません」

気がかりになっていたことを真冬は口にした。

調査の進捗状況次第では、真冬の滞在期間は変わるかもしれない。

「キャンセル料は前日は八割、二日と三日前は五割、それ以前なら二割です。承知しておいて下さい」

女ははっきりと告げた。

「わかりました。ご迷惑をおかけします」

「いや、うちはキャンセル料を頂ければいいんですよ」

女はさらりとした顔で答えた。

「これわたしの名刺です」

真冬は顔を上げてポケットから名刺を差し出した。

「フリーライターさんなのね」

女は名刺を覗き込みながら言った。

「ええ、おもに旅行雑誌に書いています」

「うちにも取材の人がときどき来ますよ。わたしも名刺、お渡ししときますね」

女はカウンターの下から名刺を取り出して真冬に渡した。

——株式会社ホテル船川　代表取締役社長　戸沢恵子（とざわけいこ）

「こちらのオーナーさんですか」

「ええ、オーナーでフロント係で、ときには雪かき係、昼はバイトの子もいるけど、清掃以外はわたしがすべてやってます」

　恵子は自嘲的な笑いを浮かべた。どう答えていいのか迷っていると恵子は身を乗り出して訊いた。

「今回はどんなお仕事なんですか」

「男鹿の観光全般の取材なんです」

「じゃあ、まずいちばんに、なまはげ館に行くといいね」

　迷いなく恵子は言った。

「行こうとは思ってました」

　今回の事件にはナマハゲが関与しているのだ。

　まずはナマハゲについて学ぶべきだと思っていた。

「男鹿中のナマハゲが見られますよ。隣接している男鹿真山伝承館じゃナマハゲの実演も見られるんですよ。男鹿じゃまずナマハゲ見ないと話にならないからね」

恵子は言葉に力を込めた。

そのとき、入口からひとりの男がふらりと入って来た。

「いらっしゃい」

男は青系の派手なシャツにクラッシュデニムを穿いている。

真冬がかるく頭を下げると、男は笑顔を浮かべて歩み寄ってきた。

「お客さん、東京からですか」

「ええ、そうです」

なんとなくなれなれしい雰囲気を持っている。

「このあたりの女と違って垢抜けてますもんね」

男は唇をゆがめて笑った。いくらか男は酔ってるようだった。

「はぁ……」

初対面でこのあいさつはないだろう。

真冬はちょっと不快感を覚えて黙っていた。

「ごゆっくり」

男は薄ら笑いを浮かべて頭を下げると踵を返した。

「ああ、ろくなことがないや」

男はそのままロビーの奥に消えた。

真冬がけげんな顔をしていると、恵子はため息をつきながら口を開いた。

「バカ弟の勇夫です」

恵子は大きく顔をしかめた。

なるほど、輪郭と鼻筋は姉弟は似ていた。

背丈は同じくらいだが、弟はかなり太っている。

「弟さんはこちらのホテルを手伝っていらしゃるんですか」

「副支配人……なんですけどね。ろくに仕事しやしないで飲み歩いているんですよ」

肩をすくめて吐き捨てるように恵子は言った。

真冬はふたたび答えに窮した。

「では、お世話になります」

「はい、お部屋の鍵です」

恵子は透明アクリルの番号札がついたルームキーを渡した。

キャリーバッグを引いて真冬はエレベーターホールに向かったのだった。

4

「もうすぐ、なまはげ伝承館のなまはげ実演が始まりますが、見ていきませんか」

真冬の回想は、浪岡の言葉で破られた。

「はい、ぜひ見てみたいです」

身を乗り出して真冬は答えた。

「こちらです」

店を出た浪岡は左手に歩き始めた。

杉林を背景に茅葺き（かやぶき）の農家が現れた。

「南部地方では有名ですが、男鹿地方にも、もとはこんな曲屋（まがりや）がたくさん存在していたのです。この建物が伝承館です」

浪岡はさっさと伝承館に入っていった。

農家の居間といった造りの座敷に真冬と浪岡は端座した。

二〇人近くの観光客がナマハゲの登場を待ち望んで座った。

和服姿の老人が入ってきて一礼し、ナマハゲ行事についての説明を始めた。

「……ナマハゲはやたらに家に入ることはできません。必ずその家の主人の許しを得ます。これから先立という役の者がやってきます」

老人の言葉に従って部屋に和服姿の別の老人が入って来た。ふたりは「おめでとうございます」と新年のあいさつを交わし、山の雪や隣の家のナマハゲのようすなどについての会話を続ける。最後に先立が家に入っていいかと尋ね、主人役がこれを許したとたん……。

「うおーっ」「うおーっ」という恐ろしい男の声が響き、部屋の障子戸が激しく揺すられた。

ガラッと障子戸が開かれ、ケデをまとって黒い髪を振り乱した青と赤のナマハゲが現れた。

ナマハゲたちは家に上がると四股を七回踏んだ。座敷に入ってくるとナマハゲたちは奇声を発しながら座敷のなかを足をつよく踏みしめて歩き回る。

続けて「泣く子はいねーか」「怠け者はいねーか」「怠け者の匂いがするー」と子どもを捜すそぶりをみせた。

主人役は荒れ狂うナマハゲをなだめて、朱塗りの膳を出して酒肴を勧めた。ナマハゲは五回の四股を踏んでから膳の前に座った。

酒肴に手をつける仕草を見せたナマハゲたちは手にした帳面を開く。帳面を眺めつつ子どもたちやその家の主人の一年間の素行を確かめ始めた。

この問答には驚かされた。「この家の子はゲームばかりしてちっとも勉強しないと聞いている」とか「この家の主婦は家事もしないでカラオケばかりしている」という類いの現代的な質問が続いた。

これからは主婦だけでなく主人も責められることになるだろう、と真冬は思った。

すると、主人役は子どもや主婦には落ち度がなく頑張っているとかばう。ナマハゲたちはなかなか納得しないが、やがて主人役に説得されて立ち上がる。三度の四股を踏んだナマハゲたちは「来年も来るぞ」との予告を残して座敷を去ってゆく。

ナマハゲの荒々しさが想像をはるかに上回っていたことに驚き、主人役とナマハゲたちのユーモラスな問答に声を出して笑った。まわりの観光客も笑っていた。

神聖な行事は、実に人間くさく明るいエンターテインメントだった。

「すごく楽しかったです」

伝承館を出た真冬は、浪岡に素直な感想を告げた。

「よくできている行事ですよね。長い年月、繰り返すなかで培われたものです。菅江真澄の記録では戸口に現れて餅を求める程度の単純なものだったようです。現在までに室内での所作も細かく決められてきました。たとえばあの四股の回数も定められているのです。何回だったか覚えていますか」

浪岡はおもしろそうに訊いた。

「えーと、家には入るときに七回、お膳の前で五回、帰るときに三回……あ、七五三ですね」

真冬は弾んだ声で答え。

「はい、そういうことです。ナマハゲは訪れた家の幸運と豊作を祈るのです」

浪岡はちいさくうなずいた。

「それから主人役の人とナマハゲの問答もおもしろかったです」

まさかあんな問答があるとは思っていなかった。

「あれはナマハゲが子どもや主婦を責め立てるところを、主人がかばうところによさがあるんですね。家族円満を願うむかしの人の知恵だと思うんです。ところが、近年の実際のナマハゲ行事では、子どもが嫌がるからナマハゲを断る家が現れ始めたんですね……」

暗い顔で浪岡は言った。

「淋しいですね」

「でも、最近はユネスコ登録遺産への登録もあってか、ふたたびナマハゲが盛り上がりを見せています。僕としては嬉しい限りです」

浪岡の表情には明るさが戻った。

「男鹿に暮らす人々の明日への願い。それは無病息災だったり、豊作豊漁だったりするでしょう。ナマハゲには、長い年月、天への感謝と家族の幸せを求めるつよい気持ちが籠められてきたのです。そんなナマハゲに、僕は限りない愛おしさを感ずるのです。純粋な美しい人のこころに満ちていると思うのです」

瞳を輝かせて浪岡は熱っぽく語った。

浪岡の言葉に真冬はきゅんときた。瞳に宿る清らかな光に見惚(みと)れた。

「あの……万体仏も取材したいと思っているのですが」

真冬は遠慮がちに切り出した。

なまはげ館に来る途中でちらっと見たが、後で訪ねようと思っていた。

「ああ、ここから一キロちょっと下ったところですので、ご一緒しましょう」

浪岡は気楽な口調で請け合ってくれた。

コペンのステアリングを握って走り出すと陽光はつよく降り注ぐが、緑の香りを載せた風が入ってきて意外と涼しかった。

前を走る浪岡のオフロードバイクはワインディングをきれいにトレースして坂道を下ってゆく。

浪岡のバイクが右側の道路が少し広くなったところに停まった。真冬もバイクの後ろに少し距離をとってコペンを駐め、ゆっくりと車外へ出た。

杉の木々の間からちいさなお堂が見えている。

四方に張り出した屋根の上に金色の宝珠（ほうじゅ）が鈍く輝いていた。

素朴でささやかな堂宇（どうう）なので、「真山の万体仏」の白い表示杭や説明板がなければ見過ごしてしまいそうだった。

銀色のヘルメットを脱いで左手に持った浪岡は顔をお堂に向けた。

「ここが万体仏です」

先に立った浪岡に続いて、真冬も幅の狭いコンクリートの階段を上り始めた。

右に銀色の鉄製の手すりがつけられているのは、老人の参拝客を意識したものだろうか。

それほど急ではない三〇段に満たない階段で、真冬にとって手すりは必要なかった。

左手には県指定有形文化財であることを示す看板が出ている。

説明文に目をやった瞬間、足もとがお留守になった。

両足が滑った。

必死で手すりに手を延ばしてつかんだ。

だが、身体は大きく斜めになった。

「うわっち」

左の膝と腿が階段にぶつかった。

受け身のために突き出した左の掌にも痛みが走った。

「あちゃー」

起き上がった。

「だ、大丈夫ですか」

少し上の段で立ち止まった浪岡が驚きの声を上げた。

「はい、大丈夫です。ごめんなさい」

真冬は照れくさくなって頭を下げた。

「それならいいんですが……」

心配そうな声を残して浪岡は階段を上り始めた。

幸いにも顔を傷つけることはなかった。

だが、足の二ヶ所の打撲はアザができそうだ。

左の掌もすりむいてしまった。

真冬は自分のドジさ加減を反省するしかなかった。

階段を上り終えると、お堂がぐんと目の前に迫った。

ここが、清水政司が殺害された現場である。

真冬はしぜんと身が引き締まるのを覚えた。

背後に木々を背負うお堂自体は大きくはない。

左右に石灯籠が並んでいるだけで、これといった付帯施設もなかった。

「ちょっと写真を撮らせてください」

真冬はデイパックから一眼レフカメラを取り出してお堂や周囲の景色、階段などのあちこちにレンズを向けた。

このカメラは写真が得意ではない真冬でも、フルオートモードでかなりきれいに撮れる。

「この真山の万体仏は、江戸時代には真山神社の神域にあったものです。明治初期の廃仏毀釈（はいぶつきしゃく）によって赤神山光飯寺（あかがみさんこうぼうじ）が真山神社とされたときにこの地に移されたのです。確定的な説はないのですが、正徳四年に普明（ふみょう）という天台僧が建立したとされています」

浪岡はさらさらと詳しい説明を加えた。

「正徳四年というと……えーと」

真冬は歴史にはそれほど詳しくない。正徳というと新井白石の活躍した頃だったか。

「一七一四年ですね。石灯籠は明治期に建てられたものです。なかへ入ってみましょうか」

浪岡の後に従いて、五段ほどの木の階を上った。

向拝の下にある半分がガラス格子となっている舞良戸は開かれていた。

堂内に入ると、線香の匂いが漂ってきた。

「うわっ、すごいっ」

暗さに目が慣れると、異様な光景が目に飛び込んできた。

三間四方くらいの堂内の正面には素朴な須弥壇があって本尊らしき仏像が祀ってある。

異様なのは須弥壇ではなかった。四方向の壁が二〇センチくらいの木彫りの仏像で天井近くまでびっしりと埋め尽くされている。

「地蔵菩薩です。普明が先立った弟子や幼くして亡くなった子どもたちを供養するためにこの堂宇を建て木像を彫ったものと伝承されています」

「何体あるんですか」

「およそ一万二千体です」

数え切れないはずだ。

整然と並べられた木像のなかには赤い帽子や涎掛け(よだれ)を奉納されているものや、願い文なのか白い紙が結ばれているものもある。

「顔がよく見えない木像も多いですけど、お地蔵さんなんですね」

「経年変化で摩滅しているものが多いですが、もとはすべての仏像にひとつひとつ違う顔が刻まれていました」

「きれいに清掃されていますね」

これだけの数の仏像が安置されているのに、埃(ほこり)などは少しもたまっていない。

「現在は海沿いの北浦(きたうら)集落にあります臨済宗の常在院(じょうざいいん)というお寺さんが管理しています。それに、無病息災や大漁、豊作、安産などを願う地域の人によって、いまでも篤(あつ)く信仰されているんです」

「やはり珍しいお堂ですね」

「ええ、少なくとも近辺にこれだけ多数の仏像を安置している場所はほかに知らないですね」

「わたしはこんなところを見た経験がありません」

「五百羅漢、千体仏というのは各地にありますが、一万を超える仏像が並ぶのは東北地方ではここだけです」

浪岡は嬉しそうに笑った。

真冬はこの堂宇をもっと詳しく調べてみたいと思った。

「堂内の写真を撮ろうと思っているんですが」

真冬はしっかりと現場観察したかった。写真はもちろんだが、堂内の寸法を測ってみたいと思っていた。

「ああ、待ってますよ」

名残り惜しそうに浪岡は言った。

「けっこう、時間が掛かると思いますが……」

浪岡とは偶然に知り合っただけだ。自分の調査につきあわせて時間を潰させるのは気が引けた。

「じゃあ、外にいますね」

にっこり笑うと、浪岡はお堂から足早に出て行った。

あちこちへとレンズを向けた。

堂内は暗いので、ストロボが光り続けた。

とくに床面と出入口などはしっかり撮影した。

残念ながら事件の後に駆けつけた地元住民たちの靴跡で、犯人や被害者の靴跡は消されてしまっていた。

堂内も階段も住民たちの足跡と犯人の足跡の区別は困難な状況だった。

カメラをしまうと、真冬は五メートルの巻き尺を取り出した。

けっこう重いのだが掌に載るので愛用していた。

正確な遺体の位置はもちろんわからない。

このお堂のサイズ感を知りたかっただけだ。

細かいデータは男鹿船川署の鑑識係が採取している。

真冬は手もとから手帳を出して、鑑識の記録に目をやった。

手もとの資料では被害者は二・五メートル強の距離から銃撃されたことになっている。

弾痕や射創の検査結果によるものだ。

被害者清水の遺体には右胸部と後頭部にそれぞれ一発ずつの銃創があり、ほぼ即死状態だったと考えられる。

遺体内から発見された銃弾は9×18㎜のマカロフ弾と断定されており、暴力団などに出回っているロシア製マカロフ拳銃による犯行と推定されている。また、弾道検査によるライフリングマークから、前科のない拳銃であることは明らかになっていた。拳銃の出所についてはなにひとつ判明していない。

遺体は須弥壇の真ん中あたりから一メートルほど離れて、頭を入口方向に向けてうつ伏せに倒れていた。

入口から須弥壇までの距離は五・四メートルくらいだった。

犯人は入口から入ってきて、一・九メートルあたりの場所で清水を撃ったことになる。

真冬は被害者清水が立っていたと思われる場所あたりに立って入口方向へ目をやった。

犯人は被害者にとって顔見知りの人物に違いない……。

真冬はつよくそう思った。

犯人らしき者を目撃した地域住民の証言によれば、犯行時刻は午後七時半頃である。

地域住民の証言では、その時間帯にはほとんどの者が、神社でなまはげ柴灯まつりを手伝っていたか、自宅に引きこもっていた。

この万体仏付近には人気はなかったはずだということだ。

もし、見知らぬ人間が入って来たら、清水は身構えたり逃げようとしたりするだろう。

だが、犯人が三メートル未満の距離まで近づいても、清水は逃げようとしなかった。

とすれば、清水にとって犯人は顔見知りであり、かつ、自分を害するとは考えていなかった人物である可能性が高い。

真冬は巻き尺片手にしばらく物思いにふけっていた。

入口に人の気配を感じた。

「あんた、そこでなにしてるんだ？」

振り向いた瞬間、居丈高な声が響いた。

二〇代後半くらいのワイシャツにスラックス姿の男が仁王立ちしている。

浅黒い四角い顔に目を怒らせて真冬をにらみつけている。

「取材です」

ムッとして真冬は言葉少なく答えた。

「取材だぁ？　なんの取材だよ？」

あごを突き出して男は憎々しげな声を出した。

イントネーションにくせがある。

はっきりとはしないが、秋田の人間である可能性は高いと真冬は思った。

「あなたこそいったいなんでそんな口をきくんですか？」

真冬はますます腹が立ってきた。

初対面の人間に対してこんな態度はないだろう。

「俺は県警捜査一課の者だ」

男はちらっと警察手帳を提示してそっくり返った。

一瞬の提示だったので氏名も階級も読み取れなかった。

（出た……）

予想通りで、真冬はげんなりした。

しかし、一般市民に対して態度の悪い警察官はどこにでもいるものなのか。

「旅行雑誌の取材です。それがなにか？」

真冬はあえてとぼけて訊いた。

「雑誌の取材をしている者が、なんで巻き尺で床なんて測ってんだよ」

刑事は唇をゆがめて訊いた。

「その人がどうかしましたか？」

浪岡が心配そうに入ってきた。

「なんだって？」

突然声を掛けられて刑事は驚いたように振り返った。

「そちらは僕と一緒に取材に来たライターさんです」

浪岡は青ざめた顔で真冬をかばってくれた。

「ああ、なまはげ館の人か。あんたはちょっと黙ってろ」

刑事は浪岡のことを見知っているようである。

「あの……浪岡さん。また、ご連絡しますので」

真冬は浪岡にこの場にいてほしくはなかった。刑事には言うべきことがある。

「でも……」

浪岡はとまどいの顔を浮かべた。

「いいんです。どうぞお先にお帰りになってください。わたしちょっとこのおまわりさんに話がありますので」

ひかえめな態度で真冬は浪岡に頼んだ。

「はぁ……きっと電話下さいね。名刺に携帯番号入っています」

不安そうな顔でうなずいて浪岡は背中を向けて去っていった。

「さてと。ここで何をしていたのかを説明してもらおうか」

　刑事は腕組みをしてふたたび訊いた。

「さっきから言ってます。取材です」

　真冬はけんもほろろと言った調子で答えた。

「だから、どうして取材に巻き尺がいるんだよ。あんた、挙動不審なんだよ」

　尖(とが)った声で刑事は毒づいた。

「挙動不審？　巻き尺はなにかの法律で取り締まられるものなんですか。銃刀法や軽犯罪法、特殊開錠用具の所持の禁止等に関する法律にも列挙されていないと思うんですが？」

　皮肉な調子で真冬は訊いた。

「なんでピッキング防止法なんて知ってんだよ？」

　刑事は目を見開いた。

　特殊開錠用具の所持の禁止等に関する法律……通称ピッキング防止法は、住居侵入の手段として用いられる特殊開錠用具、ピッキング用具の正当な理由のない所持を禁止する。

　同時にドライバー、バールその他の工具で政令で定めるものを隠して所持することも禁止している。現実にドライバーを自動車内に隠し持っていたとして逮捕された事例も存在する。

しかし、巻き尺がこの法律で指定されているわけでもなく、しかも真冬は公然と使っていた。法に触れるようなことがあるはずもない。

「いずれにしても、法令で規制されていない巻き尺を所持していたことで、警察官にとやかく言われる覚えはありません」

真冬は刑事の目を見据えてきっぱりと言った。

「なんだと?」

刑事の声が裏返った。

「わたしがここで床を測ろうが、柱を測ろうが、あなたには関係のないことです」

あえてつっけんどんな調子で真冬は答えた。

「生意気言うんじゃねぇ」

激しい口調で刑事は歯を剝きだした。

「自分の人権を守るために言うべきことを言っているだけです」

真冬は平らかな口調で言った。

「あんた、弁護士か?」

刑事は真冬の頭の先から爪先までをジロジロと眺めまわした。

「さっきから言っているようにフリーライターです」

涼しい口調で真冬は言った。

「怪しい女だな。ちょっと来てもらおうか」

低い声で恫喝するように刑事は言った。

「どういう意味ですか?」

「近くの警察署で話を聞かせてもらおうって言ってんだよ」

刑事は薄ら笑いを浮かべた。

とうとう任意同行を要求してきた。

「なんのためにわたしが、故なく行動の自由を制約されなければならないのですか」

真冬は相手の目を見て一語一語はっきりと発声した。

「だから、言ってんだろ。用があるんだよ」

相変わらず刑事の態度はなっていない。

任意同行を要求するとしたら、これは許されるべき行動ではない。

「答えになってませんね。あなたの市民に対する態度には大きく分けてふたつの問題点があります」

ひとつひとつ指摘すべきだと真冬は思っていた。

「問題だと?」

刑事は目を剝いた。

「まず、あなたは国家公安委員会規則第四号警察手帳規則をしっかり遵守していません」

真冬は毅然とした声で言い放った。

「警察手帳規則だぁ? さっき見せただろうが」

せせら笑うように刑事は答えた。

「あなたは記章は提示しましたが、わたしはあなたの氏名や階級を見ていません」

「なに言ってんだ。警察手帳はちゃんと出したじゃねぇか」

刑事は歯を剝きだした。

「証票の氏名と階級を読み取ることが不可能な短時間の提示は、実質上提示したとは認められません」

言葉に力を込めて真冬は告げた。

「うるせぇ女だな。とにかく一緒に来てもらうからな」

荒っぽい口調で刑事は叫んだ。

「それが第二の問題点です」

静かな口調に戻って真冬は言った。

「なにっ」

眉（まゆ）を吊り上げて刑事は叫んだ。

「あなたは刑事訴訟法第一九八条の『検察官、検察事務官又は司法警察職員は、犯罪の捜査をするについて必要があるときは、被疑者の出頭を求め、これを取り調べることができる』との規定を根拠としていると思いますが、なんの必要があるのか告げられていません。わたしが同意するはずがないではありませんか」

理屈っぽい調子で真冬は言った。

「同行理由を告げろとは書いてないだろ」

ふて腐れたように刑事は答えた。

「ええ、ですが、同行理由を告げられてないのに同意できるはずがありません。はっきり言いましょう。わたしはあなたの申し出を拒否します」

真冬は凛然（りんぜん）と言い放った。

「こいつ、甘い顔をしてればつけあがりやがって」

刑事は真冬の腕を摑もうと右手を伸ばした。

「わたしに手を掛けるのはやめておきなさい」

さっと身体をそらして真冬は警告を発した。

「ふざけるんじゃねぇ」

刑事は声を荒げて、ふたたび手を伸ばしてきた。

「ふざけてなどいません。乱暴すると、あなたは刑法第九五条第一項の公務執行妨害罪に問われますよ」

真冬はジャケットの内側から警察手帳を出して刑事の目の前にしっかりと提示した。

刑事の両目がいぶかしげに曇った。

次の瞬間、その目がこぼれ落ちそうなほどに開かれた。

「ええっ！」

刑事はひっくり返らんばかりに後ろにのけぞった。

「あの……これは……」

急に気弱な声になって刑事は訊いた。

「わたしはきちんと提示していますよ。氏名と階級が読み取れないはずはありません」

静かな調子で真冬は続けた。

「そんなぁ」

刑事の眉が八の字になった。

「あなたの官姓名を名乗りなさい」

真冬は毅然とした態度で指示した。

「秋田県警本部刑事部捜査一課員田中清澄（たなかきよすみ）、階級は巡査部長であります」

しゃちほこばって田中巡査部長は答えた。

「田中清澄巡査部長ですね。あなたはいつも市民に対していまのような態度をとるのですか」

真冬はちょっときつい声で尋ねた。

「申し訳ありません」

いきなり田中はその場に土下座した。

「そんな格好をする必要はありません。立って下さい」

田中に謝罪させることは真冬の目的ではない。

「いえ、あの……警察庁の警視さまとはつゆ知らず、とんだご無礼を致しました」

床に顔をつけたまま田中はひたすらに詫びた。

「わたしが誰であってもあんな態度は許されません」

真冬はにべもない調子で言った。

「どうかお許しくださいませ」

田中のシャツの背中に汗がにじんでいる。

「わたしが許す許さないの問題ではありません。警察官たる者、すべての市民に対してできる限り丁重な態度を心がけるべきです。あなたの先ほどのような態度が市民と警察の距離を遠ざけているのです。刑事警察は市民の協力がなければ十全の力を発揮できないのです。市民に不信感をあたえる田中巡査部長の態度は肯定できるものではありません。公務執行妨害の要件に該当する暴行や脅迫を含んだ言動を続けていたのですよ」

真冬は噛んで含めるように言った。

「ですから、あなたさまが公務執行中とは存じませず……」

うめくように田中は答えた。

「わかっていないようですね。わたしが誰であれ、同じことだと言ってるではないですか。警察官はすべての市民に対して丁重な態度をとらなければならないのです」

繰り返し真冬は諭すように言った。

そのとき入口に新たな人影が現れた。

背が高くすらっとした三〇代前半くらいのグレーのパンツスーツ姿の女性だ。

黒い髪をひっつめているし、硬い表情から彼女も刑事と思われる。

色白の瓜実顔(うりざねがお)に輝く瞳が印象的だ。

肩からは黒いナイロンのショルダーバッグを提げている。

「田中、これは何の騒ぎなの？」

厳しい声音が響いた。田中巡査部長を呼び捨てにしているところから見て上官だろう。

土下座していた田中が頭を上げて振り向いた。

「主任……あの……その……お詫びしていたところでして」

田中はしどろもどろになって答えた。

役職が捜査一課主任だとしたら、彼女の階級は警部補のはずだ。

「あの、田中がなにかご迷惑をおかけしましたでしょうか」

女性は眉をひそめて尋ねた。

まともな反応が返ってきて真冬はホッとした。

「わたしに対して非常に高圧的な態度で任意同行を求めたのです」

感情を込めずに真冬は淡々と告げた。

「それは失礼致しました」

女性は腿のところにきちんと手をついて頭を下げた。

「あなたが謝ることはありません。ただ、田中さんのような態度は、一般市民の警察に対する不信感を生む原因となります」

真冬は平板な調子で言葉を続けた。

「田中、いつも注意しているではないの。口の利き方に気をつけろと」

女性は田中にきつい口調で注意した。

「申し訳ございません」

汗だくになって田中は詫びた。

「とにかく田中さんに立ってもらいたいんですが……」

田中にいつまでも土下座されているのは、真冬にとっては不愉快だった。

「早く立ちなさい」

女性の言葉に田中はそろそろと立ち上がって真冬に向かって頭を下げた。

「わたし秋田県警本部の進藤和美と申します」

女性は名乗ったが、警察手帳は提示しなかった。

職務を遂行するつもりはないようだ。

「進藤さんですね。どうぞよろしくお願いします」

真冬はやわらかい声で答えた。

「ところで、あなたは？」

不思議そうな顔で和美は訊いた。

「あ、あ、あの……こちらのお方は警視です」

真冬が名乗るより早く田中が言葉を継いだ。

「ケイシ……」

きょとんとした顔で和美はつぶやいた。

「警察庁（サッチョウ）の警視さまなんです」

被（かぶ）せるように田中は言った。

「そうなんですか！」

和美は目と口を大きく開いた。

「ええ、まぁ……進藤さんも捜査一課ですか」

あいまいに答えて真冬は和美の所属を確認した。

「はい、捜査一課で主任を務めております」

きまじめな調子で和美は答えた。

「朝倉真冬です。警察庁の者です」

きちんと頭を下げて真冬はあいさつした。

「あの……朝倉警視はどうしてこんな山奥におひとりでお見えなんですか?」

和美は心底不思議そうな顔で訊いた。

「それは……」

真冬は言葉を呑み込んだ。

せっかく秋田県警の刑事に出会えたのだ。

捜査一課員が万体仏に出張(でば)っているからには、清水政司殺害事件の捜査の一環に違いない。

だが、自分の目的をストレートに話してよいものだろうか。

目の前の和美が不正を行っているグループにいないという保証はない。

端的に言えば、和美が敵か味方かはわからない。

とは言え、どこかで秋田県警の人間とは接触するしかない。

探りを入れ、場合によっては揺さぶりを掛けることが真冬の調査には必然なのだ。

それでも不安が消えないわけではなかった。

「無理に伺(うかが)おうとは思いませんが……」

和美は言葉とは裏腹に興味津々の表情を見せた。

「お話ししたいとは思いますが……」

真冬はあいまいに言葉を濁した。

「田中、クルマを船川署に戻して秋田へ帰りなさい」

和美は田中に毅然とした調子で命じた。

勘の鋭い女性だ。真冬の内心は見透(みす)かされたようである。

和美ひとりに話すべきだと真冬は直感していた。

「でも、主任の帰りの足がなくなりますよ」

不安げな田中の声が響いた。

「わたしはバスで帰るから大丈夫。あなた、どうせ今日は秋田に戻る日でしょ」

「まぁ、そうなんですが」

田中はとまどったように答えた。

こんな山のなかだ。バスの便は少ないだろう。

「わたし、レンタカーで来ているんです。進藤さんを男鹿駅までお送りします」

真冬は明るい声で言った。

「それはありがたいです。じゃあ田中は帰りなさい」

和美は右の掌をひらひらさせた。

「了解です」

身体を折って室内での正式な敬礼をすると、田中は早足にお堂を出ていった。

5

田中が退出したところで、真冬は本題に触れた。

「進藤さんは、今年の二月にこの万体仏で起きた殺人事件の捜査のためにここに来たんですね」

「どうしてそれを？」

けげんな顔で和美は訊いた。

「捜査一課の方がここに来るとしたら、二月の事件の関係かと思ったのです」

そうでなければこんな山奥に捜査一課の刑事がふたりで訪れるとは思えない。

「もちろんそうなのですが、朝倉警視はなぜあの事件をご存じなのかと思いまして」

和美のけげんそうな顔は変わらなかった。

「未解決事件として警察庁でも注目しています」

「それでは、あの事件の調査に見えたのですね」

緊張した顔で和美は訊いた。

「お察しの通りです」

真冬は和美の顔を見つめながら答えた。

「なぜ、警察庁の方が秋田の殺人事件を調査なさるのですか」

いくぶんの警戒心を漂わせ、かつ不思議そうな和美の表情だった。

「ゆっくりお話しします。その前に伺いたいのですが、進藤さんは万体仏殺人事件の捜査本部にいるんですか」

間違いないだろうが、真冬は念を押して尋ねた。

「はい、所属しています。うちのほうでつけた本部名は『真山経営コンサルタント銃殺事件捜査本部』ですが、万体仏事件と呼んだほうがわかりやすいですね。わたしはちょうど一週間前に捜査本部に呼ばれました」

清水政司はたしかに経営コンサルタントだった。捜査本部の名称としては適切だろう。

「交代要員というわけですね」

真冬の問いに正面を見たまま和美はうなずいた。

「別の者が県南部で起きた強盗致傷事件の捜査本部に引っ張られたので、その者と代わりました。さっき帰った田中も明日からそちらに詰めることになっています」

殺人事件は当然最重要な課題だが、強盗致傷事件も相当に優先度の高い事件だ。

「ああ、なるほど……それで進藤さんは今日、現場観察に来たんですね」

「そうなんです。わたし自身は久し振りに来たので……最初に周辺部を観察してたのです。用事がない場所ですからね」

真冬にも納得がいった。

「わたしはもちろん、初めて万体仏に来ました。それでさっきこのお堂内で遺体があった場所のだいたいの位置を測っていたら田中さんに不審者扱いされたというわけです」

笑みを浮かべて真冬は言った。

「そういう事情でしたか。田中にはあとできつく言っておきます」

和美は眉根を寄せた。

「わたし自身はいいのです。でも、ひとりの態度が警察官全員への評価につながりますので……」

きちんと田中本人に警告したのだから、真冬としてはこの話題はもう終わりにしたかった。

「田中は捜査一課に異動になって日も浅いので、ちょっとつけあがっているのだと思います。申し訳ありませんでした」

和美は深々と頭を下げた。

「進藤さんのせいではありませんから」

真冬は顔の前で手を振った。

「しつこくお尋ねして恐縮ですが、朝倉警視はどのようなお仕事で清水政司さんの事件を調査なさっているのですか」

和美の目に緊張の色が宿った。

真冬は和美の目をしっかりと見返した。

その目には真摯な光が宿っているようにみえた。

「警察庁では捜査が進まないことを憂慮しているのです」

やんわりと真冬は答えた。

「たしかに捜査は膠着状態といっていいと思います」

眉根を寄せて和美は答えた。

「もう事件発生から半年も経っていますもんね」

真冬はさりげなく話を続けた。

明智(あけち)審議官はこの事件の捜査が進捗(しんちょく)していないことに不正の存在を疑っているのだ。

「はい、いちおう五〇人体制なんですけど、ちっとも士気が上がらないんですよ。捜査幹部や実質的に本部を仕切っている管理官たちも、あまりやる気がないようで……」

和美は言葉を呑み込んだ。

捜査本部は初動捜査も含めてだいたい三週間から一ヶ月を一期と定めている。一期を過ぎると捜査員は四分の三に減らされて、事件は長期化することが多い。さらに長期化するとまたも人員が減らされて当初の半分くらいの人数となる。秋田県警は規模も大きくはないし、今回の事件なら五〇人体制なら御の字と言ったところではないだろうか。

「捜査本部自体が沈滞ムードなのですね」

真冬の言葉に和美はちいさくうなずいた。

「お恥ずかしい話ですが、その通りです。だらけた捜査本部にこの一週間、なんだかモヤモヤし続けていて、今日はとにかく現場を見に来たのです」

ちょっと不快そうに和美は口を尖らせた。

話すしかないだろうと真冬は思った。

和美を信頼して事情を打ち明けないと、今回の調査は容易には先へ進めない。

協力者となってくれればこんなにつよい味方はないだろう。

「進藤さんには詳しい話を聞いて頂きたいです」

こころを決めて、真冬ははっきりと告げた。

「恐縮です。どうぞよろしくお願いします」

和美はきまじめな感じに頭を下げた。

「でも、立ち話もなんですから、どこかゆっくりできるところがありましたら」

先ほどの真山神社の前の喫茶店は密談をするにはオープンすぎる環境だった。

「では、お昼ご飯を食べに行きませんか」

和美はにこやかに笑って誘った。

笑うと少し厳しい顔つきにやわらぎが生まれ、和美の魅力が増すようだ。

そろそろ昼食をとってもいい時間だった。

「男鹿駅のほうに戻るのですか」

真山神社周辺を含めて、この近辺には食事できる施設は少なそうだ。

「朝倉警視は男鹿半島は初めてでいらっしゃいますか?」

真冬の目を見て和美はていねいに訊いた。

「朝倉と呼んでください」

階級名で呼ばれるのは気持ちが悪かった。

「じゃあ、朝倉さんは男鹿半島にいらしたことはありますか」

ちょっと照れたように笑って和美は問いを繰り返した。

「初めてなんです。昨夜、男鹿駅前のホテルに泊まってまっすぐに真山に来ましたので」

男鹿駅周辺と真山に来るために通った、なまはげライン以外の場所は未踏だった。

「男鹿半島をざっとご案内したいんですが、お時間ありますか」

明るい笑みを浮かべて和美は言った。

「ありがたいです。男鹿半島の主要なポイントを見てみたいと思っていたんです」

さっき浪岡から聞いた入道崎にはぜひ行ってみたかった。

半島全体の地理を把握することはこれからの調査に役立つに違いない。

「では、ご一緒させてください。ガソリン代はかかっちゃうかもしれませんけど」

嬉しそうに和美は言った。

「大丈夫です。ガソリン代なんて気になりません」

「よかった！　それから……出発前に少しだけお時間を頂けますか」

弾んだ声で言った後で、和美は覗き込むような顔で訊いた。

「もちろんわたしはかまいませんよ」

「実はこの万体仏を詳しく観察したいと思いまして」

遠慮がちに和美は頼んだ。

「もちろんです。ゆっくりどうぞ」

当然である。彼女はそのためにわざわざここまでやってきたのだ。

「ありがとうございます」

かるく頭を下げると、和美はショルダーバッグからコンデジを取り出して堂内のあちこちの写真を撮り始めた。

もちろん事件発生当時に、秋田県警の鑑識課員が無数の写真を撮っている。だが、自分なりの視点で写真を撮りたいという気持ちはよく理解できた。

写真を撮り終えた和美は、手帳を取り出すと堂内を眺めながらメモをとり続けていた。

「お待たせ致しました。もしよろしければ、もう一ヶ所まわりたいところがあるんですが……」

遠慮がちに和美は言った。

「もちろんおつきあいします。わたしのせいで進藤さんの捜査ができないのでは、本末転倒です」

「ありがとうございます。ここから一〇〇メートルほどの農家なんですが。この事件の唯一の目撃者が住んでいるんです。小野(おの)さんというご老人です」

真冬としてもぜひ会ってみたかった。

「わたしもご一緒していいですか」

「どうぞどうぞ」

真冬たちはそろって階段を降りていった。

今度は転ばないように気をつけた。

膝や腿はまだ痛むが、運転に支障が出ることはなさそうだ。

また転んだら目も当てられない。行動不能に陥る恐れがあるかもしれない。

無事に階段を降りた真冬は、ホッとしつつ和美に訊いた。

「クルマ出しますか」

「歩いて行ったほうが早いと思います」

和美は先に立って目の前の道路を下り始めた。

道の両脇には何軒かの民家がぽつりぽつりと建っている。

だいたいは農家のようだ。塀のある家は少なく、農業機械を入れてあるのかちいさい倉庫を持つ家も見られた。

「ああ、この家です」

そのうちの一軒の敷地に和美は早足で入っていった。

6

道路から少し奥まったところに、比較的新しい白っぽいサイディング張りの二階家が建っている。

庭先にはビニールハウスが二棟建てられていた。

ふたりは玄関ポーチに立った。

アルミドアの横にある呼び鈴を鳴らして和美は声を張った。

「小野さん、こんにちは」

しばらく待つと、ドアが開いて、五〇代後半くらいの白いTシャツに赤いジャージを穿いた女性が出てきた。

「どなたさんけ？」

女性はきょとんとした顔で真冬たちを見た。

「警察の者だども、じっちゃいますか」

和美は警察手帳を提示して親しげな口調で訊いた。

「ああ、あの話ね。まぁ、上がってけろ」

女性は急に明るい顔になって答えた。

目撃証言を訊きに捜査員が何回か訪れたのだろう。

どうやら女性は警察官が来るのには慣れてしまったようだ。

真冬は手帳を出しそびれた。

「いや、玄関先でいいがら」

和美は顔の前で手を振って答えて上がり框（がまち）のところに腰を掛けた。

都会の家よりはかなり高さがあって座りやすそうだ。

「いま呼んでくるがら」

女性が奥へ引っ込むと、和美は真冬に笑顔を向けた。

「朝倉さんも座ってください」

和美の言葉に従って真冬も腰を掛けた。

いくらも待たないうちにグレーのスウェット姿の老人が現れた。

「いや、ふたりとも別嬪さんだなや」

髪の薄い七〇代後半くらいの痩せた人のよさそうな老人だった。

「秋田県警の進藤と申します。彼女はわたしの相方です」

はきはきと和美は答えた。

「……朝倉です」

真冬はかるく一礼した。

「二月に万体仏のお堂で起きた事件のことで、小野さんが見た犯人らしき人物のことを伺いたいのですが」

和美は明るい調子でゆっくりと尋ねた。

「前に刑事さんたちにお話ししだと思うども」

小野老人はぼんやりと答えた。

「すみませんねぇ。違う部署の人間なんで、また同じこと訊かせてもらいます。面倒掛けちゃって悪いども」

愛想よく笑う和美に釣られるように小野も笑った。

「なぁも、なぁも。別に話すだけだからかまわねぇよ」

顔の前で手を振って小野は言った。

「まずは当時の状況を話してくださいな」

親しげな調子で和美は身を乗り出した。

「いや、あの日は俺も真山さんのお祭り手伝ってたのす。だけんど、はぁ、風邪気味だったもんでちょっと調子わるぐなってな。早めに山降りたのよ。そいで万体仏のところをクルマで通りかかったら、おがしなヤツが階段下りできたんだ」

小野はよどみなく話した。

「おかしなヤツ……いったいどんな人物でしたか」

畳みかけるように和美は訊いた。

「そいがな……赤いナマハゲ面をつけてたもの」

気味悪そうに小野は答えた。

「じゃあ、顔は見てないんですね」

「そんだ。一瞬だけ俺のクルマさ見で、すぐに山の上のほうさ走ってったから」

腕組みして小野は鼻から息を吐いた。

ショルダーバッグから一冊の写真集を取り出した。

真冬がさっき買ったナマハゲ面の写真集と同じ本だった。

「では、小野さんが見たナマハゲ面は、このなかにありますか」

和美は板床に和美は写真集を開いて尋ねた。

「ほう、こんな本あるのけ」

感心したように言って、小野は写真集を手に取った。

「おお、これは真山のだべ」

嬉しそうに小野は真ん中より少し前のページいっぱいの写真を指さした。

黒いざんばら髪の目のちいさい、ちょっと恐ろしげな面の写真だった。

アルミ箔のような金銀の素材が貼られていて、目のまわりと鼻が金色で額や頰など残りの部分が銀色のものと、反対に目のまわりや鼻は銀色で残りが金色のふたつの面が並んでいる。

「角がないですね」

真冬は驚きの声を上げた。

「そんだ。真山のは杉材で作るんだけど、むかしから角がないんだ。目と鼻が金色の銀面が男面でもう一つのヤツが女面だ」

なるほど男面は鼻の下に黒ひげがあるが、女面にはない。

「すごく個性的ですね」

真冬は感心の声を上げた。

「ほかの集落の面とはひと味違うべ。むかしからこの形で、ずっと前にはナマハゲの日以外には人に見せなかったんだ」

得意げに小野は笑顔で言った。

写真の下の解説にも、かつては門外不出であった旨が記されていた。また、次のページは赤い顔に塗られた真山の別の男女面が掲載されていた。

それからも小野は「ふうん」とか「そうだべか」などとつぶやきながら、かなり長い時間を掛けてひとつひとつの面の写真を確かめていた。

各集落のナマハゲ面をこうして写真で見るのは、この老人にとっては楽しい作業であるようだ。

「なまはげ館」には一五〇枚のナマハゲの面があると、浪岡は言っていた。

この本にはそのすべてが網羅されているらしい。

小野は写真集を閉じた。

「似ている面でもいいんです。記憶に残っている面に近いものはありましたか」

期待のこもった和美の声だった。

「いんや、ここにはねぇって」

だが、小野は首を横に振ってはっきりと答えた。

「見当たりませんか」

和美の表情にかるい失望の色が浮かんだ。

「あれは見たことはない面だな。こんなかには似ている面もねぇってば」

にべもない調子で小野は答えた。

「背丈はどれくらいでしたか」

気を取り直したように和美は質問を変えた。

「うーん、まぁふつうだべな」

答えになっていない。

「わたしと比べてどうですか」

和美はさっと床に立った。

「同じくらいだな……いやもう少し高いべかな」

小野は自信なげに答えた。

暗いなかで身長をぱっと見極めるのは警察官でも困難な話だ。

「わたしは一七一センチなんですよ。わたしより大きいですかね」

和美は自分の頭に掌を乗せて訊いた。黒革のフラットヒールパンプスを履いているので、靴による誤差は二センチ程度だろう。

「多分そうだと思うけどな。それにしてもあんた背高いな」

「まあ警察官では珍しくないですけど……ところでその人物が男性か女性かはわかりませんか」

小野の目を見つめて和美は訊いた。

「男だと思うども、なにせケデ着てたからなぁ」

ふたたび小野の声は自信がなさそうに響いた。

「ケデってあのナマハゲが身体にまとってる藁ミノみたいなものですよね」

浪岡から聞いていなければ当然知らない単語だった。

「ああ、あれがないと、ナマハゲにならねぇべ」

にっと小野は笑った。

「たしかにケデをまとってたら体格はわかりませんよね。ところで藁靴でしたか」

小野は天井を仰いでちょっと考えていた。

「どうだったかな？　よく覚えてねぇな」

だが、小野の答えは冴えなかった。

「手に持っていたものなどはありませんでしたか？」

和美は問いを重ねた。

「いや、よくわがらねぇ。なんせ、たまげたからな。あんなところにナマハゲいると思わねもの……」

そのときを思い出したのか、小野は身体をぶるっと震わせた。

「それはそうですよね。確認なんですけど、ナマハゲは真山神社のほうに逃げていったのですね」

和美は念を押して尋ねた。

「ああ、そうだ。山のほうさ走っていった。間違いねぇ」

小野はきっぱり答えた。

「そのあと、小野さんはどうしたんですか」

「俺はあんべえ悪いんで家帰って布団入って寝たよ」

小野は肩をすぼめた。

「それきり朝まで遺体は放置されていたというわけですね」

和美は平らかな声で問いを重ねた。

「次の朝さ、奥の柴内さんたちが万体仏のお堂の掃除にいったら、人が死んでるわけだ。真山じゅう大騒ぎで、区長さんとか集落のみんなで見に行ったんだ。俺も行ったよ。そしたら、おじさん倒れてるもんなぁ。救急だ警察だって大騒ぎだったよ」

なるほどそういうかたちで、現場付近に犯人が残した足跡が消されてしまったのだ。

「ええ、柴内さんという方から翌朝の六時三七分に一一〇番通報がありました」

和美は捜査記録にある時刻をきちんと覚えている。

「清水さんっておじさんは銃で撃ち殺されてたんだってな。あのナマハゲが犯人なんだべか？　俺が元気だったら、あんとき、とっ捕まえてやったのにな」

鼻息荒く小野は言った。

そのまま帰宅してもらってよかった。拳銃を持っていた犯人を追いかけたりしたら、どんな不測の事態が生じたかわからない。

下手をすると、この老人の遺体が雪道に転がったかもしれないのだ。

「いえ、そういう怪しい人物に出会ったときには声を掛けたり追いかけたりすると危険です。そうした人物からは速やかに離れてください。そして一一〇番通報してくださると助かります」

和美は真冬と同じことを考えているのだろう。やんわりとたしなめた。

「まだ、犯人捕まらねぇんだべ」

ちょっとムッとしたように小野は訊いた。

「残念ながら……」

和美は悔しそうに答えた。

「真山じゃ事件なんて俺が生まれてこの方起きたことがねぇし、物騒な話だってみんな言っててんだ。まぁ、亡くなった清水さんってのも秋田市の人らしいし、真山の治安が悪くなったっていうような話じゃねえとは思うけどよ」

小野は眉間にしわを寄せた。

「わたしたちが懸命に捜査を続けてますんで、そのうちに検挙できるはずです」

和美は背を伸ばしてきっぱりと言い切った。

「あんた、賢そうだがらきっと捕まるべ。頑張ってな」

励ましの言葉とともに、小野は和美の肩をぽんと叩いた。

「はい、頑張ります」

和美は快活な調子で答えた。

「なにか思いついたら、わたしに電話頂けるとありがたいです」

和美は小野に名刺を渡した。

「わがった。こんなにめんけえ人の頼みだもんな。すぐ電話すっがら」

小野はやに下がった。

ふたりは礼を言って小野宅を辞し、坂道を戻り始めた。

「捜査資料に載っていない話が聞けましたね」

真冬は歩きながら、和美に声を掛けた。

「ええ、ナマハゲの面について詳しい話が聞けました。でも……」

和美は言葉を濁した。

「各集落の面でないことがわかりましたが、どんな面かははっきりしないですね」

真冬の言葉に和美はちいさくうなずいて口を開いた。

「ええ、どこかの集落の面だったら、その地域から調べ直せると思ったんですけど……」

和美は肩を落とした。

コペンを駐めてある場所まで行くと真冬は運転席側ドアの横に立って言った。

「軽自動車なんですけど……」

あまりにちいさいコックピットに気が引けて、真冬はつぶやくように言った。

「オープンにできるヤツですね。さっき見て『わ』ナンバーのこのコペンが駐まってたんで、もしかしてと思ってたんです」

明るい声で和美は答えた。

「でも、日差しがつよくなってきたから、屋根開けないほうがいいですけどね」

答えつつ、真冬は運転席に座った。

車内の空気はかなり熱くなっている。

あわててエンジンを掛けて窓を開けてエアコンを入れた。

吹き出し口から冷気が勢いよく飛び出してきた。

コックピットが狭いせいでどんどん涼しくなる。

「どうぞ乗ってください」

助手席側の窓に顔を向けて声をかけると、和美はドアを開けてするりと乗り込んできた。

「わ、ちいさいけどスポーツカーって感じのインパネですね」

和美はちょっとはしゃいだ声を出した。

「ふだんはクルマ乗らないんで、とりあえず軽だからコスらないかなと思って借りました」

運転に自信はないが、男鹿駅付近からここまでの交通量は少なく、こわい思いをすることもなかった。

「わたし運転は好きなほうなんですけど、いまはクルマ持ってないんですよ。とりあえず、このまま坂を下ってなまはげラインまで出てください」

「了解です」

真冬はアクセルを踏み込んだ。

万体仏の堂宇が窓の外を通り過ぎてゆく。

現場をしっかり把握できた。足を運んだ価値はあった。

第二章　五風（ごふう）

1

コペンをスタートさせた真冬は和美の言葉に従って坂を下り始めた。
センターラインのある田畑のなかに農家が点在するまっすぐな道だった。
慣れない運転に緊張しているので、調査についての話を切り出す余裕がなかった。
すぐにコペンはさらに幅の広い道が左右に走っている十字路に出た。
「この交差点を左折すると、なまはげラインです」
和美が指さす方向に曲がってしばらく進む。
こういう幅が広い道は高速道路みたいでかえって怖い。
どうしてもアクセルを踏む力が弱くなる。

後ろから小型トラックがクラクションを鳴らしながら追い越していった。

「ちょっと左に寄って停まりませんか」

和美はいくらか引きつった声で言った。

指示通りに左端に停めてハザードを出した。

三台の乗用車が通り過ぎていった。

「朝倉さん、もしよければわたし運転しましょうか」

やさしい声で和美は言った。

運転が下手なのは真冬自身もよくわかっている。

「お願いしていいですか」

大助かりと言ったところが本音だった。

「はい、おまかせください」

にこやかに言って和美はコペンの外に出た。

真冬も道路に出て反対側にまわった。

和美がステアリングを握ると、順調に速度は上がっていった。

道路の両脇に人家等はまったく見られず杉林が続いている。このなまはげラインは生活道路ではないようだ。

「ところで、わたし、基本的には警察官である身分を隠しているんです」

真冬は早いうちに和美に自分の立場を理解してもらおうと思った。

「潜入捜査ですか」

ちょっと驚いたように和美は訊いた。

「警察庁職員に捜査権はないから潜入調査……いや、秘密調査かな。それで、人前ではできるだけ警察官を名乗りたくないんです。いちおう、フリーライターと称しています。《旅のノート》と《トラベラーズ・マガジン》の二誌にはライターとして登録もしてもらっているんです」

「了解です。朝倉さんのことは外向けにはフリーライターさんとしてご紹介します」

刑事もまれには潜入捜査をすることがある。和美の呑み込みは速かった。

「よろしくお願いします」

真冬はしっかりと頼んだ。

運転から解放されたので、男鹿の地理を頭に入れるべく、真冬はスマホを手に取った。

マップアプリを起ち上げ、現在位置とシンクロするボタンをタップする。

ずっと見ているとと車酔いするだろうから、チラチラと眺めることにした。

なにより車窓を過ぎゆく美しい景色がもったいない。

「なまはげラインは観光用に作られた道なのですか」

真冬はなんの気なく訊いた。

「正式名称は男鹿中央広域農道と言うんですが、観光目的でもあるようです。さっきの交差点の向こうに青鬼橋がありまして、さっき渡ったのが赤鬼橋です。橋の欄干がそれぞれ青と赤に塗ってあるんですよ」

橋のネーミングからして観光を意識している。

そう言えば、長野県に出張に行ったときにも、北アルプスの眺めが抜群の広域農道を通った。

「ぜんぜん気づきませんでした。それにしても山深いですね」

杉林が切れると原生林と思しき雑木林が現れる。いずれにしても人家が見られない。

真冬は自分が男鹿半島全体の北側四分の一くらいの位置にいることを確認した。

すっかり山の中のように見えるが、北側の海は直線距離では三キロもない。

「わたし、実はここからすぐの安全寺っていう集落で育ったんです。ここから一・五キロくらい戻ったところに掛かっているなまはげ大橋から見える家なんです」

横顔で笑って和美は言った。

マップを見ると、安全寺はすぐ後方にある集落の名だ。

「え、では、もともと男鹿の方なんですか」

ちょっと驚いて真冬は訊いた。

和美は色白で肌のきめが細かい。同じ雪国に育った真冬といい勝負だろう。秋田県人だとは思っていたが、まさかこの地元人だとは。

「そうです。男鹿半島の大半を占める男鹿市の出身です」

「人口はどれくらいなんですか」

「そうですね、年々減っていますが現在は二三〇〇〇人くらいでしょうか」

前回の事件で訪ねた網走（あばしり）市は三五〇〇〇人くらいだったが、面積はずっと広い。男鹿市には意外に多くの人が住んでいるのだな、とあらためて真冬は思った。

「海も山もきれいでいいところですね」

真冬はまだ男鹿半島をほとんど知らないが、この感想は素直な気持ちだった。

「でも、冬場は寒いし風が強いですよ」

和美は苦笑を浮かべた。

日本海側の冬の厳しさは真冬もよく知っている。

「では、男鹿船川署にもお勤めだったことがあるんですか」

「いえ、船川署には勤務したことがありません。あちこちまわったんですよ。湯沢（ゆざわ）とか大館（おおだて）とか大曲（おおまがり）とか……。秋田は岩手ほどじゃないけど広いんで、地域によっても雰囲気がけっこう違うんですよ」

楽しそうに和美は言った。

「たしか……北海道、岩手県、福島県と続きますけど、秋田も広いですよね」

あまり意識したことはないので、広い県はよく覚えていなかった。石川県が東京都より広いことは知っていた。たしか石川県は四七都道府県中三五位ではなかったか。

「ええ、長野、新潟、秋田の順です。六番目になりますね」

もっと上かと思っていたが、長野や新潟もけっこう広い。

「失礼ですけれど、きれいなイントネーションでお話しになりますね」

真冬は和美と会った最初から感じていたことを尋ねた。

「あ、秋田は方言がつよめなので、子どもの頃からテレビなんかで自然に標準語を学ぶ人間が多いんですよ。なので、意外と標準語に近い言葉で話すんですよ」

朗らかに和美は笑った。

「お話ししているだけだと、どこのご出身だかわかりませんね」

東京弁などとも違うアナウンサーのような正確な日本語の発声に近いような気がす

る。

「秋田の言葉は大事にすべきだとは思っているんですが……」

和美はいくらか照れたように言った。

「わたしはなんかあると、石川弁が出ちゃうんですよ」

真冬は自分のこのクセに恥ずかしさを感じていた。

郷土への誇りから意図して石川弁を話すのとはまた別の話だ。

「朝倉さんは石川県のご出身なんですか」

興味深そうに和美は訊いた。

「はい、金沢の生まれです。高校卒業まではあちらに住んでました」

幼くして父母を失い、真冬は医王山の裾野の祖母の家で育った。

金沢市には違いないが、中心部とは直線距離でも一〇キロは離れている郊外だった。

「同じ雪国でも、秋田とは違って金沢は大都会って感じですね」

いくらか憧れを含んだような口ぶりで和美は言った。

「そうですかねぇ」

真冬はあいまいに答えた。

たしかに人口は四六万人くらいだし、江戸時代には江戸、京、大坂に次いで名古屋と並ぶ都市だった。古都であるのは間違いないが、大都会というとしっくりこない。

北陸新幹線の開通により事情はいくら変わったが、東京から金沢は離れすぎている。

過去を振り返るとどうしても時代の流れに即応できなかった傾向があったことは否めまい。

だが、加賀人にはプライドが高い一面があることは事実だ。九谷焼や大樋焼の陶芸や加賀友禅などのすぐれた工芸文化。加賀宝生流の能楽。和菓子や加賀料理と加賀人の自慢は数多い。真冬も祖母が九谷焼の陶芸家、朝倉光華であることを誇りに思って育った。

明治以降、東京からある程度離れていたことが独自の文化を守ったのかもしれない。

「まぁ、金沢は嫌いではないですが」

生まれ育ったなつかしいふるさとであると同時に、真冬にとっては父母の死の記憶も残る悲しい街であった。

「田舎ですけど、海がきれいだし、やっぱり男鹿は好きです」

どこか和美の声は誇らしげに聞こえた。

「わたしも万体仏の事件の調査を命じられて男鹿に来られてよかったと思っています」

真冬はゆったりと話を本題に持っていった。

「お話を聞かせてくださいますか」

和美はいくらかこわばった声で言った。

「これからお話しすることは、進藤さんとわたしの秘密にして頂きたいのです。捜査本部を含めて上司の方などには話さないでほしいのです」

はじめにしっかりと真冬は釘を刺した。

「承知しました。誰にも話しません」

緊張感を漂わせて和美は言った。

「実はわたしは警察庁長官官房の地方特別調査官という役職にあります」

最初に真冬は自分の職名を告げることにした。

「朝倉さんは……長官官房の方なのですか」

和美の声はかすれた。

長官官房は都道府県警を指導する立場にある警察庁のなかでも中枢に位置する。

秋田県警の一捜査員には雲の上の存在に違いない。

「ええ、地方特別調査官は新設されて間もない役職ですが、監察部局とは独立して各都道府県警、とくに刑事部局で綱紀のゆるみや不正が存在するおそれがある際に、これを発見したり矯正したりする役割を担う職責にあります」

真冬は淡々と告げたが、和美の横顔に緊張が走った。

「では、秋田県警にもそうした疑惑があると……」

固い声で和美は訊いた。頬のあたりに緊張感が走った。

「わたしに秋田行きを命じた明智光興審議官はそのような情報を得ています。さらに、今回の万体仏事件の捜査が進まないことは秋田県警内部の綱紀の問題と関わりがあるとお考えです。そのために万体仏事件を調査することを下命されています」

「なぜ万体仏にいらしていたのかよくわかりました」

和美は低くうなった。

「ですので、万体仏事件を調査することにより、本来の目的である秋田県警の問題点をあぶり出そうというのが、今回のわたしの職務です」

真冬ははっきりと目的を告げた。

しばし、和美は黙っていた。

横顔は暗く沈んでいるようにも見えた。

「さっきお話ししましたが、捜査本部の士気はすごく下がっています。わたしは予備班で捜査幹部や管理官の補助にあたるポジションです。捜査幹部や管理官の指示がないときにはいわば遊軍の立場なのです。ですが、捜査幹部は不在のときが多く、管理官からの指示はほとんどないのが現状です。とくに不正を感ずるようなことはありませんでしたが……」

力ない声で和美は言った。

「手持ち無沙汰なのですね」

真冬の言葉に和美はステアリングを握ったままあごを引いた。

「ええ、毎日、捜査員から入る情報を待っているような状態です。ところが、事件発生から半年経ち、新たな情報もほとんど入ってきません。今日は許可を取って現場観察に来ましたが、いままで地取り班や鑑識が集めた以上の情報は得られませんでした。これからいったいなにをすればいいのか」

和美はちいさく首を横に振った。

「さっき現場を観察して思ったのですが、犯人は被害者清水政司さんとは顔見知りなのではないでしょうか」

真冬は捜査については素人である自分の感覚が正しいか、プロの和美に尋ねた。

「どうしてそう思われたのですか」

和美の声に力が戻った。

「至近距離から撃たれているわけですし、あのお堂じゃ夜なら誰だって緊張すると思います。見知らぬ人間が入って来たら逃げようとするのではないでしょうか。でも、遺体が倒れていた位置からすると、逃げようとしたようには思えなかったんです。もちろん、はっきりはわかりませんが……」

真冬は言葉を濁(にご)した。遺体の正確な位置が把握できているわけではないからだ。

「捜査資料をお読みになったんですか」

和美は目をみはった。

「ええ、警察庁から秋田県警に手をまわしてもらって入手済みなんです」

真冬の言葉に納得したように和美はうなずいた。

「実はいまのお話のような筋読みは捜査本部でも指摘されていますし、わたし自身も現状を見て納得したところなんです。この事件(ヤマ)は鑑の濃い者の仕業(しわざ)だと思っています」

和美は自信ありげに言った。

鑑の濃い者というのは刑事の用いる言い回しで、被害者と人間関係の深い者を指す。強盗などは鑑の薄いものである場合が多い。無差別殺人などには鑑がないというわけだ。警察大学校での研修時代にベテランの刑事から習ったことがある。

「では、捜査本部でも鑑取りに力を入れてきたのですよね？」

「はい。地取りよりも倍以上の捜査員を投入しています。ところが鑑取りでは、有力な被疑者がひとりも浮かんで来ていないんです」

和美は浮かない顔で答えた。

「殺された清水政司さんは経営コンサルタントなんだから、つきあいのある人は多いんじゃないんですか」

不審に思って真冬は訊いた。

「最近の仕事関係だけでも秋田市と東京などに七〇人以上が浮かびました。でも、動機と思しきことがはっきりしないのと、ちょっと臭いなと思う人間には全員しっかりしたアリバイがあったんですよ」

困ったような顔で和美は答えた。

「実際に進藤さんが聞き込みをしたわけではないのですよね」

「ええ、わたしはこっちへ来て一週間ですし、いままでの鑑取りには一切参加していません」

渋い顔で和美は答えた。

「鑑取りの方向性を見直したほうがいいと思ってるんじゃないんですか」

真冬がさりげなく訊くと、和美ははっきりとうなずいた。

「捜査資料を読んだ感覚に過ぎないのですが、わたしはそう考えてます。秋田市に住んでいた清水さんは昨夏から殺されるまでの間に、確認されているだけでも五回も男鹿半島を訪れています。毎回、船川やこの先の男鹿温泉に宿泊しているのです。殺された日も前の晩は男鹿温泉のホテルに宿泊しています」

「秋田市と男鹿市はそんなに離れていないですよね」

「ええ、たとえば男鹿温泉郷と秋田市の中心部は五五キロくらいの距離です。昭和男鹿半島インターから秋田自動車道を使えば一時間ちょっとです。宿泊しなければならないほど離れてはいません」

和美ははっきりとした口調で言った。

「清水さんは男鹿温泉郷のファンだったんじゃないんですか」

冗談半分で真冬は訊いたが、和美はまじめな顔で口を開いた。

「わたしの地元にほど近いですし、その説は支持したい部分もあります。男鹿温泉は日本書紀にも登場するほどの歴史を持っています。効能も高い温泉地なので、朝倉さんが言っているように清水さんはファンだったのかもしれません。でも、男鹿で誰かとゆっくり会っていた可能性も捨てきれません。けれども、現在までのところ、清水さんと男鹿とを結びつける線はなにひとつ浮上していないのです。旅館の従業員なども、清水さんが誰かと会っていたという証言をしている人はいません。ですが、わたしは清水さんと男鹿を結びつける何かがあったと思うんです。上は秋田市内の人間関係にこだわっていますが……」

ちょっと悔しそうに和美は言った。

「秋田市の関係者にはアリバイがあったんですよね」

「ええ、動機がありそうな人はいままでの捜査ですべてつぶしています。だからこそ、男鹿市内の関係者を調べるべきだと思っています。ですが、幹部たちは清水さんが男鹿市に宿泊した帰りに、なまはげ柴灯まつりを見物しようとしていたと考えています。その途中で誰かと待ち合わせて殺されたという筋読みです」

和美は唇を噛んだ。

彼女なりの考えで鑑取りをしたいのかもしれない。が、捜査本部では幹部や管理官の捜査方針に従うしかない。

「犯人がナマハゲの扮装をしていたことは、非常に特徴的ですよね。捜査本部ではどのように考えているのですか」

これは最初から聞きたかったことだ。

「犯行時刻はちょうど、なまはげ柴灯まつりの終わり頃でした。各集落から真山神社に集まっているナマハゲたちのなかに犯人が混じっている、と捜査本部では最初は考えたのです」

和美は真剣な表情で答えた。

「つまり、犯人はなまはげ柴灯まつりから抜け出して犯行を実行し、なに食わぬ顔をしてまつりに戻ったという筋読みですね」

真冬の問いに和美は深くうなずいた。

「そうです。実は初動捜査は、なまはげ柴灯まつりに参加して、実際にナマハゲに扮した人々を中心に進めました。ですが、結果としてなにひとつ成果は得られませんでした。柴灯まつりのナマハゲは原則として男鹿市民の若者です。お正月に各集落でナマハゲに扮した人々も含まれます。ですが、彼らのなかに被害者の清水政司さんと接点を持つ人はいませんでした」

和美はちいさく息を吐いた。

「つまり、犯人の誤誘導だったのでしょうか」

「はい。次第に捜査本部では捜査陣に、なまはげ柴灯まつりの参加者のなかに犯人がいると思い込ませようとした誤誘導だと考えが変わりました。わたし個人としてもこの筋読みは間違ってはいないと思います」

　真冬が想像していた通りの答えだった。

「地取りは小野さんの目撃証言以外にはたいした収穫はないんですよね」

　捜査資料にはほかの目撃者の存在は記されていなかった。

「ええ、あとは万体仏での朝の状況に対する真山集落の人々の証言だけです。犯人の特定につながるようなものはなにも得られていません」

　小野の証言からもそんなことだろうと思っていた。

　謎は少しだけ解けてきた。

　だが、動機をはじめ事件そのものは、まったくの霧のなかにある。

　真冬は気を引き締めるのであった。

2

　コペンは快適なエンジン音を立てて走り続けている。

　下る坂道の向こうに青い水平線が見えてきた。

「あっ、海！」

厳しい事件の話を一瞬忘れて、思わず真冬は叫んでいた。

「半島北岸の海です。男鹿駅のある船川地区とは反対側の海ですね。なまはげ館のある真山、わたしの出身地である安全寺、男鹿温泉郷、入道崎までを含みますが、このあたり一帯を北浦地区と呼んでいます。字名(あざめい)には正式にはみんな北浦が付いています。たとえば北浦真山、北浦安全寺という感じです」

和美はにこやかな顔に戻って説明を続けた。

「じゃあ、なまはげ館からここまではずっと北浦地区なんですね」

真冬はちょっと驚いて訊いた。

「ええ、昭和三〇年に男鹿市に編入されるまでは北浦町でした。男鹿半島ではいちばん奥まっていますが、真山神社、男鹿温泉郷、入道崎など魅力的な観光地が多い地区でもあります。日本海の海風を北から受けるので、とくに冬季は厳しい気候の場所です」

和美の声はどこか誇らしげに響いた。

「きりっとした進藤さんの出身地らしい気がします」

真冬の言葉に和美は照れ笑いを浮かべた。

「あら、そうですか……」

「ええ、ぴったりな雰囲気です」

コペンは信号のある十字路で停まった。

「なまはげラインはここで終わりです。この左右の道は北浦地区と寒風山のある男鹿中地区を結ぶ県道五五線ですが、このまままっすぐ行って海岸線に出て、せっかくですから男鹿温泉郷を通っていきましょう」

弾むような声で和美は言った。

信号が青になると、和美は交差点を直進しいささか狭い道路に入った。

畑の中をしばらく進むと林の間に水平線が見えている。

海の向こうには青く霞んだ陸地が見える。

「あの陸地はどこなんですか」

指さしながら真冬は訊いてみた。

「あれは能代市ですね。林業で大変に栄えた地域です。その向こうは日本で初めてのユネスコ世界遺産に登録されたブナ原生林で有名な白神山地になります。さらに左手に延びているのは、青森県の艫作崎に続く津軽半島の南端あたりです」

前方を見たままで和美は答えた。

「能代のことはよく知らないのですが、ねぶたみたいに光る大きな山車をテレビで見たことがあります」

夜の街を巨大な山車が優雅に移動する映像を思い出した。

「旧七夕の頃に日本一の城郭灯籠を曳いて街中を練り歩く『天空の不夜城』というお祭りですね。戦国時代に秋田の大半を領地としていた安東愛季にちなむお祭りです。とても華やかで美しいですよ」

楽しそうに和美は答えた。

「なまはげ柴灯まつりはもちろんですが、そのお祭りもぜひ行ってみたいですね」

そういった機会が得られるかは別として、夏や冬の秋田にのんびり遊びに来られたらさぞ楽しいだろう。今回のように仕事ではなく……。

「秋田竿燈まつり、大曲の花火大会、湯沢の七夕絵どうろうまつり、羽後町の西馬音内盆踊り、横手のかまくら、大館アメッコ市など秋田県のお祭りは多彩で楽しいものばかりです。ぜひお出かけくださいね」

和美の声は弾んでいた。

彼女は郷土の秋田に対して大きな誇りを持っているようだ。

たしかに秋田の祭りは地方色豊かで有名なものが多い。

いま出た祭りのほとんどを真冬も知っていた。

毎年、テレビなどで報道されているし、ドラマにも描かれている。

金沢市にも毎年六月に行われる金沢百万石まつりという大規模なイベントがある。とくに豪華絢爛（けんらん）な百万石行列には大勢の観光客が押し寄せテレビ中継もされる。だが、あまりにも巨大イベントであるために、真冬にとって郷土に対する愛着の理由となっているとは言いがたかった。

道路は左方向に曲がって、坂道を下り始めた。

右手の車窓いっぱいに瑠璃（るり）色の海がひろがっている。

波頭に夏の陽光が反射して目にまぶしい。

「海がきれい」

真冬は知らず賛嘆の声を漏らした。

「男鹿は言うまでもなく半島です。外海に突き出しているので海はきれいですね。船越（ふなこし）、脇本（わきもと）、船川、椿（つばき）といった半島南岸の海も美しいです。でも、北浦地区出身のわたしとしては、つよい風雨にさらされていちばん厳しい環境にあるここの海がもっとも美しいと信じています」

口もとに笑みを浮かべて和美は誇らしげに言った。

「深い海の色だと思います」

オホーツクブルーよりずっと濃い色だが、まったく別の美しさを感ずる。県民海浜公園などから見た金沢の海と同じ日本海だが、色合いの深さが違う。

「窓、開けてもいいですか？」

和美が弾む声で訊いた。

「ええ、ぜひ……」

左右のサイドウィンドウが音もなく開いた。

陽ざしはつよいが、さわやかな潮風が吹き込んできた。

津軽半島に続く陸地がよく望める。

坂の下にこぢんまりとした漁港が見えてきた。

「港がありますね」

「湯ノ尻漁港です。このあたりはもう男鹿温泉郷地区になります」

防波堤の赤灯台がすっと流れてゆく。

海鳥が鳴きながら飛んでゆく。のどかな夏の光景だ。

漁港を過ぎてしばらく進むと、道は上り坂になって左手へと巻き始めた。
五、六階建てくらいの白壁のきれいな大きな旅館が現れた。
さらに進むと道は狭くなり、次々に温泉旅館が車窓に現れては消えてゆく。

「男鹿温泉郷です」

　宣言するように和美は言った。

　きれいな大型旅館ばかりだった。

　だが、気かがりな光景も真冬の目に入った。

　さらに進んで旅館ではなく公共施設らしい駐車場に和美はコペンを停めてエンジンを切った。あたりに行き交う人はいなかった。

「この施設は男鹿温泉郷協同組合が運営している男鹿温泉交流会館《五風》です。なまはげ太鼓ライブなどのイベントの会場にもなっています。無料の足湯もあるんですよ」

　楽しそうに和美は言った。

「五風とはどういう意味ですか」

　意味ありげな名前だった。

「菅江真澄という人を知っていますか?」

　スマホを取り出しながら、和美は訊いた。

「こちらへ来てからある方に詳しく伺いましたが、江戸時代の学者さんで、蝦夷地や奥羽（おうう）の各地を旅してたくさんの記録を残し、秋田で亡くなった方ですよね」

浪岡は『日本民俗学の祖』というような説明をしていた。

得たりとばかりに和美はうなずいた。

「そうです。とくに男鹿は三度も訪れて、絵入りの地誌を残しています。『恩荷（ヲガノ）奴金風（アキカゼ）』『恩荷能春風（オガノハルカゼ）』『小鹿の鈴風（オガノスズカゼ）』『牡鹿の嶋風（オガノシマカゼ）』『牡鹿の寒かぜ（オガノサムカゼ）』の五つです。いずれも『風』がついているので、これらを総称して民俗学者の柳田國男が『男鹿五風』の名をつけたのです。この施設はそこから名前をとっているんですね」

和美はウィキペディアのページから菅江真澄の残した地誌の題名を指さして教えてくれた。

真冬は男鹿が三種類の漢字で表記されていることにも興味を持った。しかも現在の男鹿という文字が使われてはいない。

「お詳しいですね。歴史に詳しいんですか」

驚いて真冬は和美の顔を見た。

「いいえ、徳川将軍が何代あったかも知りません。でも、男鹿温泉郷はわたしにとって、地元ですから。ちなみに『牡鹿の嶋風』と『牡鹿の寒かぜ』にはナマハゲが登場します。とくに『牡鹿の寒かぜ』にはユーモラスな絵まで添えてあるそうです。わたしは見たことはありませんけど」

目元に明るい色を浮かべて和美は答えた。

「『牡鹿の寒かぜ』ですか」

地誌の名前を真冬は繰り返した。浪岡に会ったら詳しいことを訊いてみようかと思った。

「菅江真澄の訪れた場所には標柱が立てられていることが多いんです。秋田じゅうにありますが、男鹿市内だけでも八三本も設置されています。実はわたしの実家があった安全寺にもあります。さっきの湯ノ尻漁港にも立っていますよ。『菅江真澄の道湯ノ尻』って」

「あれは菅江真澄の訪れた地を記念する表示杭だったのですね」

漁港の端にあった公衆トイレの横に白い表示杭が立っていたが、灯台に気をとられて読み取ることができなかった。

「菅江真澄は『湯ノ尻のようす』と題して鮭の塩引きを説明しています。添えてある絵に浜辺に小舟が繋がれ、網が干されている絵が載っています。菅江真澄が取り上げなかったのが悔しいんですが、湯ノ尻は夕陽がとても美しい海岸なんです」

和美は目を輝かせた。

「海の眺めにすぐれた旅館が多そうですね。夕陽はきれいでしょうね」

まわりには一〇階以上もある白亜の大型旅館や、高台に建つシックな和風旅館などがいくつも見えている。

旅館の多くは海の景色を売りにしていると思われる立地条件だった。

男鹿温泉の宿に泊まって、展望風呂から日本海に沈む夕陽を眺めたらさぞかし気分がいいだろう。

「眺めもお湯もお料理も素晴らしいです。たとえば男鹿温泉一号泉はナトリウム－塩化物泉で泉温は五五・四度もあります。ちょっと緑がかったお湯は、きりきず、末梢循環障害、冷え性、うつ状態、皮膚乾燥症などに特効があるんです。源泉掛け流しの旅館ばかりですよ」

いくらか自慢げに和美は説明した。

「男鹿観光の基地としてちょうどいいですね」

ここに何度も足を運んだという被害者の清水政司は、案外、本当に男鹿温泉のファンだったのかもしれない。

「朝倉さんもずっと船川に泊まっているのはもったいないですよ。今晩は男鹿温泉に移ったらいかがですか？　いいお宿をご紹介しますよ」

冗談でもなさそうに和美は言った。

「そうしたいのは山々ですが……男鹿船川署とも遠くなっちゃいますし……」

ここに引っ込んでいては、今後の調査には不便だ。

真冬は遊びに来たわけではないのだ。

「そうですね、わたしも捜査本部をこちらに持って来てほしいです。そしたら、朝倉さんとお風呂入ってふかふかの布団でぐっすり寝られますから」

和美は声を立てて笑い、真冬もつられて笑った。

捜査本部にいる間、和美はろくな生活を送れるはずはない。

さすがに最近は女性は別室になっているだろうが、いずれにしても快適さとはほど遠いと聞いている。警察庁にいた間は業務が立て込んで徹夜で働くときがあった。休憩室などのソファでごろ寝していたが、正直、身体面からはあんな生活には戻りたくない。

「さ、お昼を食べに行きましょうか」

笑い終えると、明るい声で和美は言った。

「入道崎ですね」

真冬の答えに和美はうなずいた。

「せっかくですから海の眺めのいいところで食べましょう。高級レストランはありませんが、男鹿風の美味しいものがありますよ」

「嬉しいです。ぜひ」

真冬のこころも弾んだ。

「朝倉さんは嫌いな魚とかありますか?」

「いえ、魚ならなんでも好きです」

「よかった。ちょっと予約入れときますね」

和美はスマホを取り出した。

「こんにちは、安全寺の進藤です。そんだ、和美だ。しばーらぐー。これからお客さん連れてぐ。なぁに言ってる。違うべさ。いま?　温泉さいる……うん、そんま行ぐから。へばな」

笑いながら電話を切ると、和美はポケットにスマホを入れた。

「まさにバイリンガルですね」

うっかりすると金沢弁が出るくせに、真冬はこんなに流ちょうには話せない。

「あはは、そうなんです」

和美はコペンをスタートさせた。

男鹿温泉から坂道を上がって県道五九号に出た。

「ほら、ナマハゲの立像があるんですよ」

わざわざ和美はちょっと停まってくれた。

歓迎男鹿温泉郷の大きなゲートの前にコンクリート製と思われる赤鬼のナマハゲが立っていた。手には包丁ではなく御幣のようなものを持っている。

立像の足もとには「ユネスコ無形文化登録遺産　来訪神　仮面・仮装の神々　男鹿のナマハゲ」と記された看板が設置されていた。

県道に出ると、ナビ板には入道崎六キロと出ている。

コペンは快調に進み始め、道路は海からはいったん離れた。

杉林と原生林が交互に現れてからしばらく進むと、右手には海が現れた。

変わらず美しい瑠璃(るり)色に輝く海を眺めていると、こころがのびやかになってくる。

うっかりすると、本来の目的を忘れそうになる。

真冬は男鹿の地理を頭に入れなくてはならないのだ。

スマホのマップでいまいる位置を確認した。

半島の突端の入道崎灯台付近までは二キロ程度だが、この付近では戸賀(とが)側の反対の海とも二キロ程度しか離れていない。男鹿半島の先端が近づいて来たことがよくわかった。

しばらく進むと、コペンは意外と大きい集落に入っていった。

「入道崎集落です。男鹿半島最先端の集落になります」

ステアリングを握ったまま、和美は案内の言葉を口にした。

「ここのナマハゲ面をなまはげ館で見ました。いちばん好きかな……あっ、ごめんなさい」

真冬は内心でしまったと思った。安全寺出身の和美に言うべき言葉ではなかった。

「いいんですよ。安全寺のナマハゲは真山とよく似ている金銀の面です。角はありますけどね。およそ一二〇年前に作ったお面を毎年修復しながら使っているんですよ」

さらりと言った和美の言葉に、真冬は驚きの声を上げた。

「安全寺のも古いお面なんですね」

「はい、似ている真山とは違って、ひげには馬の毛、髪にはスガモという海草を乾燥したものを使っています。これは山の幸と海の幸に恵まれるようにとの願いを込めたものです」

ちょっとしんみりした声で和美は言った。

「各集落でそれぞれに願いや祈りを込めて作っていらっしゃることが、素晴らしいと思っています」

　これは浪岡の受け売りだったが、真冬の本心でもあった。

「でも、安全寺や真山の面は、皆さんの抱く赤鬼・青鬼のナマハゲイメージとはかけ離れているかもしれません。入道崎のナマハゲは赤鬼と青鬼ですからね」

　和美の言葉は的を射ていた。

「そうですね。わたしたちよその地域の者はどうしてもそんなイメージを持ちがちですね。今回なまはげ館で、あまりにも多種多様なナマハゲ面があるので、わたしは本当に驚きました」

　あの展示室に入ったときの驚きがまざまざと蘇った。

「あのイメージは間違っているわけではありません。赤鬼青鬼の地区もたくさんあります。また、ここ入道崎地区に工房を構えていらっしゃる石川千秋(いしかわせんしゅう)さんのお作りになっているイメージも大きいと思っています」

「石川さんとは、どんな方ですか」

　もちろん聞いたことはない名前だった。

「世界でただひとりのナマハゲ面彫師です。造形的に大変にすぐれたナマハゲ面を一刀彫りでお作りになっています。なまはげ柴灯まつりなどの行事で使われるお面の一部やお土産用のお面のほとんどは石川さんの手によるものです。ですから、日本中にひろまった典型的なナマハゲ面のイメージは石川さんの造形の影響が大きいです。たとえばさっき見て頂いた男鹿温泉郷の立像もそうです。多くの集落ではお正月のナマハゲのときにしかナマハゲ面を外に出さないからです。いわば門外不出なので、その具体的なイメージが世の中に広まることは少なかったのです。逆にいまは古くからの面を失った集落ではお正月にも石川さんのお作りになる面を購入して使っています」

和美の言葉には説得力があった。

浪岡がなまはげ柴灯まつりについて口が重かったのはこのためだったのだ。ひとりの専門家の造形によるナマハゲ面は文化人類学を目的とした彼の研究目的からは外れるからだ。

そんな話をしているうちに、入道崎集落を抜け、コペンはひろい駐車場のあるところに出た。

「入道崎ですね！」

マップを見るまでもなく、目の前には草地に立つ白黒だんだらの灯台がそびえ立っている。その向こうには広い海が視界いっぱいに広がっている。

「男鹿半島北端にようこそ」

冗談っぽい口調で言って、和美は右目をつぶった。

3

エンジンを切って外に出ると、陽ざしはつよいのにかなり涼しい。

どこからかミンミンゼミとアブラゼミが鳴く声が響いてくる。

だだっ広い駐車場には観光客のものなのか一〇台ほどの車が停まっている。

観光バスなどの大型車両は見られなかった。

「あれが入道崎の灯台なのですね」

真冬は灯台を見上げながら言った。

「そうです。高さは二七メートル強。日本の灯台50選にも選ばれている美しい灯台です。海上から見ると、男鹿半島の目印のような存在です」

和美はうっとりとしたような声を出した。

「海から見たことがあるんですね」

「はい、わたしは何度か北海道に行ったことがあります。新日本海フェリーには敦賀（つるが）

－新潟－秋田－苫小牧航路があって、秋田－苫小牧間に乗船しました。苫小牧を夜出た船は夏だと明け方頃に男鹿半島沖を通過します。この灯台は黎明の海上でいつも神々しく光っていました。入道崎灯台を見ると、ああ、ふるさとだなと感じるんです」

太古から男鹿半島は海上の道の大きな道標だったのだろう。

「想像してみると、美しい光景ですね」

「はい、とてもきれいな景色です。ところで、この灯台は上まで上がることができるんですが、どうしますか」

真冬はちょっとお腹がすいていた。

「とりあえずご飯が先ということで」

和美はちいさく笑った。

「では、男鹿の味にご案内しましょう」

駐車場の灯台とは反対側には数軒の飲食店が並んでいた。

和美はその並びには向かわず、元来た道へちょっと入って、一軒のシックな感じの和食料理店の白いのれんをくぐった。のれんには《みよし》の店名が黒い文字で書いてある。

清潔な感じの店内はテーブル席と座敷になっていて、二〇人くらいは入れそうな広さだった。

「こんにちはー」

和美が元気よく声を掛けると、奥から白い調理衣に帽子をかぶった五〇代くらいの男が現れた。

「いや、和美ちゃん。しばらぐだごど！」

四角い顔のやさしい目をした男は、和美を見て嬉しそうに答えた。

電話の予約のときにも感じたが、和美は店主と思しき男と親しい間柄のようだ。

「ご無沙汰しています。鎌田(かまた)のおじさん、お元気でしたか？」

明るい笑みを浮かべて和美はあいさつした。

秋田弁はみじんも入っていない。やはりバイリンガルだ。

「なに気取ってんだ……あやっ、和美ちゃん、彼氏と一緒でねぇのけ」

鎌田と呼ばれた店主は、真冬に気づいて驚きの声を上げた。

「だから、違うってば……こちらは仕事でお世話になっているライターの朝倉さん。東京からお見えなんです」

和美は約束通り、真冬をライターとして紹介してくれた。

「はぁ、ようこそいらっしゃいました」

鎌田はていねいに頭を下げた。

「楽しみにしてきました。よろしくお願いします」

真冬もきちんと頭を下げてあいさつした。

「こちらこそ。まんず、座ってけれ」

店内に手を差し伸べて鎌田は言った。

座敷には数人のグループが談笑していた。

「テーブル席に座りますね」

黒いきれいな天板のテーブル席に真冬たちは座った。

「あの、取材というわけではないんですが、お料理やお店の写真をとってもよろしいでしょうか」

まだそばに立っていた鎌田に真冬は頼んだ。

「どうぞどうぞ」

愛想のよい笑いで鎌田はＯＫした。

ここの料理の写真を、部下の今川真人（いまがわまさと）に送ってやろうと思っていた。今川は二五歳のキャリア警部で、本庁にあって真冬の調査の補助をする調査官補だ。

忙しい彼の最近のいちばんの関心はグルメなのであった。

「おじさん、《みよし》の最高の石焼き頼むね。ご飯もつけて」

和美の言葉に鎌田は得意げに笑った。

「ああ、今日はいいのが入ってるからまかせとけ」

鎌田は踵（きびす）を返すと厨房へと去った。

「石焼きですか」

石焼きというと、韓国料理の石焼きビビンバのように、どんぶり型の石の容器を熱して具材を料理するものだろうか。

「はい、男鹿の名物の漁師料理です。魚介などを出汁と一緒に木桶（きおけ）に入れ、そこへ熱した石を投じて一挙に加熱するという素朴な調理法です。男鹿ではむかしから漁師たちが獲（と）った魚を岩場で食べる習慣があって、たき火で石を熱して料理したらしいです。いつの間にか秋田の郷土料理として知られるようになりました。新潟県の粟島（あわしま）にも同じ調理法の漁師料理があります。あちらでは木桶でなく曲げわっぱを使うので、わっぱ煮と呼ぶようです。わたしは男鹿ではここの石焼きがいちばん美味しいと思っているんです」

想像していた料理とはまったく違った。加賀の漁師料理には似たものはないと思う。

しばらく待つと、鎌田と同じ年くらいの痩身の女性が朱塗りの盆に載せられた料理を運んできた。

「はい、お待ちどおさま」

「ごゆっくり」

料理を置くとふたりは笑顔で去った。

テーブルの上に置かれた料理は実に素朴だった。

ぐつぐつ煮たってほかほか湯気の上がっている木桶のなかにかなりの量の白身魚と海藻が入っている。ほかにはもずく酢ときれいな色の刺身、ご飯と箸やれんげ、醤油皿だけが載っていた。出汁と煮える魚のよい匂いに一挙に食欲が高まってつばが湧いてきた。

「このお魚は鯛ですね」

そばに置かれた刺身と同じ鯛に違いない。

「ええ男鹿産の天然真鯛です。真鯛の旬はあと二〇日くらい先からですけど、今日はいい鯛が入ったっておじさん言ってました」

和美は誇らしげに言った。

「ちょっと写真撮りますね」

真冬はあわててスマホを取り出すと、朱塗り盆上の世界を写真に収めた。

出汁は澄んでいて、木桶のなかが魚と海藻だけなのがよく見える。

「さて、それでは男鹿一の石焼きをご賞味頂きましょう」

気取った調子で言う和美に釣られるように真冬は箸をとった。

「うわっ！　すごっ！」

真冬思わず叫んでしまった。

鯛の身の素晴らしい弾力は真冬の全身を震わせた。

出汁のうまみが鯛の甘みと溶け合って、至上のハーモニーを生み出している。

塩と出汁のシンプルな味付けだからこそ、新鮮な鯛の持つ豊かでいながらすっきりとした味わいが引き出されている。

これはあらゆる鯛料理をしのぐ調理法ではないだろうか。

出汁をれんげでひと口すする。

ああ、生きててよかったと思える。絶妙の塩加減と隠し味の山椒が相まって抜群の美味しさだ。

もちろん生臭さはまったくない。

「うーん」

口に含んだ途端、真冬はオヤジのようなうなり声を上げてしまった。

「石焼きは味噌味がふつうなのですが、こちらでは塩味であっさりと仕上げていまず」

和美はちょっと自慢気に言った。

味噌では繊細な鯛の味が引き出せないだろう。

真冬は海苔は大好きだが、ざるそばに海苔が入っていると避けて食べる。

そばの繊細な香りを海苔の香りが奪ってしまうからだ。

「でも、そのおかげで、新鮮な鯛の美味しさが完全に引き出されていますね」

感動ものの美味しさを伝えると、和美は嬉しそうに笑った。

「わたしもそこが大好きなんです。ちなみに焼き石を木桶に入れるのは簡単に見えてとても難しいそうです。ひとつ間違えるとこの味がまったく出せないんですって」

箸を使いながら和美は答えた。

「シンプルな料理こそ、腕の差がはっきりしますからね」

たとえば刺身はわかりやすい。同じ新鮮な素材でも包丁の腕で活きるも死ぬも決まってしまう。

だからこそ、和食の料理人は、洗い方、煮方、焼き方、板前という順で出世してゆくのだ。

板前はまな板の前に立って包丁を使う料理人だから、もっともシンプルな仕事をしているわけだ。

「そうみたいです。ご飯はおかわりできるので、二杯目はお茶漬け風にして食べると、また別の風味が味わえて楽しいですよ」

「わたし二杯も食べられないと思うので、お茶漬け用に半分残しておきます」

とは言ったもののご飯がどんどん進んでしまう。

身だけではなくアラも入っている。透明なゼラチン質のとろとろの味わいがたまらず、夢中でご飯をすべて食べてしまった。

刺身に手をつけてみる。さすがだ。石焼きとは別の甘みが楽しめる。石焼きが豊穣の甘みなら、刺身はさわやかな甘みと言えばよいか。コリッとした食感がたまらない。

「おじさん、ふたりともご飯おかわり」

真冬がご飯を平らげてしまったのを見た和美が頼んでくれた。

「はいよ」

鎌田が厨房からおかわりのご飯を運んできた。

「あの……わたし、生きててよかったって思いました」

真冬はこころの中を占めている生な思いをそのまま伝えた。

「いや、そんなに喜んでもらって……いがったっす」

照れて頭を掻いてから頭を下げると鎌田は厨房に戻っていった。

「さてさてお茶漬け風です」

和美はご飯の上に鯛の身と海藻を載せ、れんげで出汁を掛け、最後にわさびを添えた。

見よう見まねで真冬も同じようにお茶漬け風に仕立ててみた。

「これも撮っておこうっと」

真冬はふたたびスマホで何枚か撮ると、箸をとり直した。

お茶漬け風もさらっとして美味しい。

薬味のわさびが効いて、鯛も出汁も少し風味が変わる。

鯛の甘みにわさびの辛みが混ざると、出汁もエッジが効いた美味しさになる。

これがまた楽しい。

あっという間にさらさらと食べ終えてしまった。

舌とこころになんとも言えぬ満足感を覚えて真冬は箸を置いた。

「すごく美味しかったです。進藤さんと鎌田さんに大感謝です」

真冬は顔の前で手を合わせた。

「喜んで頂けてよかったです。朝倉さんはなにせ金沢のご出身ですから」

「金沢人だとどうなんですか？」

「加賀料理ってすごく繊細でレベルが高いですよね。金沢の人って京都の人と同じくらい味にはうるさいって言う人がいるんですよ。男鹿の田舎料理を喜んで頂けるか、実はちょっと緊張していました」

まじめな顔で和美は言った。

「どうなんでしょう。わたしは美味しいものは美味しいし大好きです」

答えになっていない答えを真冬は返した。

「同じです」

和美はちょっとあきれたように笑った。

「ちょっと失礼します」

真冬はトイレに立ったついでに会計を済ませた。

「男鹿に来てよかったです。一生こころに残るお昼ご飯になりました」

真冬は素直な賛辞の言葉を口にした。

「そんなに気に入ってもらえて……また、来てください」

鎌田は頬を染めて頭を下げた。

「あの……困ります。お店に引っ張ってきたのわたしだし」

椅子から腰を浮かせた和美は、胸の前であわてて手を振った。

「いいんです。こんなに美味しいものを頂けたのだから。ありがとうございました」

真冬の言葉に和美はちいさく頭を下げた。

ふたりは席を立って戸口へ向かった。

「おじさん、今日の石焼き最高だったよ」

「ああ、いがった。和美ちゃん、また近く来てけろ。お嬢さんもまたぜひ食べに来てください」

鎌田は厨房からちょっと出てきてにこやかに見送った。

真冬ももう一度頭を下げて店を出た。

4

入道崎を離れて真冬たちは男鹿半島の西岸沿いを下り始めた。

右手は海が続き、道の左右はほとんどススキの原という岬らしい光景の道が続いていた。

「海がきれいですね」

「県道一二一号です。通称《おが潮風街道》と呼ばれています。戸賀地区までこの道で下ります」

前方をしっかりと見つめたまま和美は案内した。

和美は目を細めながら沖合を見つめた。

「北浦地区は海がきれいでいいところですね。それに石焼きは素晴らしかったです。あんなに美味しいものが食べられるなら、やっぱり男鹿温泉郷にも泊まってみたいです。仕事抜きのときの話ですけど」

かなり本音だった。

「あ、ぜひ。地元民として光栄です」

和美は楽しそうに笑った。

「本当に素敵な温泉地ですね」

「はい、でも……」

いきなり和美の声は沈んだ。

「どうかしましたか」

「廃業する旅館がちらほら出てきているのです」

眉を曇らせ、低い声で和美は言った。

「気になっていました。少なくとも三軒は気づきました」

営業している宿はどこも明るく豪華な雰囲気を持っていた。

週末などは多くの宿泊客で賑わっているに違いない。

だが、湯ノ尻漁港から坂道を上って五風に向かっていたときに、右手の高台にかなり大きな廃旅館を見た。

ほかにも道沿いに看板はなく建物はきれいな状態の廃旅館もあった。

さらに、立ち寄った五風あたりから右手の崖上に建つ旅館はかなり前に閉業したようで、ＲＣの六階建は草に覆われて廃墟と化していた。あの旅館には壮絶な雰囲気があった。

「実はほかにも閉館している宿はあります。なかには温泉付き老人住宅などに生まれ変わっている施設もありますが、廃墟と化して心霊スポットとして有名になった旅館もあるんです」

渋い顔で和美は言った。

「廃旅館の二軒は相当に大型旅館だったのですね」

「そうなのです。旅館の規模が大きすぎたのです。そのため、固定資産税なども高額に達し小回りがきかず、不景気の波を乗り越えられなかった旅館が出てきています」

「旅館業はどこでも厳しい時代ですからね」

真冬の言葉に和美は深くうなずいた。

「男鹿温泉郷に限ったことではなく、全国の多くの温泉地が抱えている問題だと思いますが、時代の変化についてゆけない旅館も多いのです。かつては、観光バスを連ねてやってくる団体旅行客が大変に多い時代でした。そのような旅行客は、豪華で大きな施設を好みました。そこで全国各地の温泉地で旅館は大型化していきました。男鹿温泉は日本書紀にも記されている宿ですが、古くからの湯治場だったわけではありません。温泉地として整備されたのは太平洋戦争後です。だから、菅江真澄の記録にも登場しません」

「もし菅江真澄が男鹿温泉に入っていたら、きっと記録に残しましたね」

「そうだと思います。高度経済成長に従って、ここは大きな温泉地となりました。その時代には秋田県全域はもとより東北地方全体、あるいは首都圏からも多くの旅行客を集客することができました。ですが、国内旅行客の好みは変わりました」

低い声で和美は言った。

「個人旅行客が中心となったのですね」

真冬の身の回りでも、団体旅行に行きたいというような人間はいないのではないか。高齢者でも観光バスのツアー旅行などを好む人は減ったように思う。

「人気があるのは小規模の高級旅館か、低価格の宿に二極分化したのです。いわゆる秘湯の宿にも人気の高い旅館はあります。でも、男鹿温泉郷のような大型旅館を好むのは中国人などの外国人観光客が中心となってしまいました」

和美は眉間にしわを寄せた。

それにしても、和美はずいぶんと温泉に詳しい。いくら地元だと言っても、ちょっと不思議な気がした。優秀な刑事なのだろうが、彼女は経済人ではない。

少しの間黙っていた和美がゆっくりと口を開いた。

「……男鹿温泉郷には、何度か大手の開発計画があったのです」

静かな声で和美は別の話題を切り出した。

「そうなんですか」

「最初は高度経済成長のさなかであった一九七一年に列島改造ブームのなかで持ち上がった計画です。かつて存在した日本ドリーム観光という企業が、奈良ドリームランド、横浜ドリームランドに継ぐ第三のドリームランドを造ろうとした大計画でした。

男鹿温泉郷から湯ノ尻地域に掛けて七万八〇〇〇坪を買収したのですが、第一次オイルショックの影響などで潰えました」

　真冬や和美が生まれるはるか前の時代だ。

「ドリームランドってたしか遊園地ですよね」

「ええ、奈良も横浜も十数年前に閉園していますが、かつては日本を代表するような大型遊園地でした。ホテルやスポーツ施設などを併設していて東京ディズニーランドが生まれる前には大変な人気がありました」

　秋田市からもかなり離れた男鹿温泉に、そんな施設が成り立つ時代だったのだろうか。

「この男鹿の地にはそぐわない気がしますね」

「そうですね、この温泉で観覧車がまわったり、ジェットコースターが走ったりしてるのはあんまりゾッとしない光景ですね」

　和美は複雑な表情で笑った。

「ほかにも開発計画があったのですね」

　真冬は話の先を促した。

「一九八一年というから四〇年くらい前ですね。同じ日本ドリーム観光によって新たなプランが浮上しました。一二〇〇人収容の大ホテルを建設するという計画が浮上したのです。さらにレジャーランドの建設計画も立てられました」

「一九七一年の計画の再燃ですね」

「そうです。用地買収はできているわけですから……これに応じて当時の男鹿温泉旅館組合は、男鹿半島再開発計画というプランを提案しました。このプランには秋田空港と男鹿温泉間にリムジンバスを走らせたり、秋田港から入道崎へホバークラフトを走らせるという計画が入っていました。ですが、日本ドリーム観光の計画の頓挫とともにこのプランも消え去りました」

「わたしは大規模開発などない、今のままの男鹿温泉が好きだなぁ」

真冬は素直な感想を述べたが、和美は複雑な表情を浮かべた。

「実は最近も中止になった計画があったのです」

和美は静かな声で言った。

「どんな計画ですか」

真冬は身を乗り出した。

「『なまはげ海のリゾート』という名称で、二〇一八年に公表された計画です。《湯川(ゆかわ)リゾート》はご存じですよね」

「ええ、各地で新しい観光リゾートを成功させている総合リゾート運営会社ですよね」

利用したことはないが、各地での成功ぶりが報道されている。

湯川リゾートは古い歴史を持つ箱根の旅館業だったが、一九九〇年代から全国の傾いた大型旅館などを再生させる事業に乗り出して次々に大成功を収めていた。基本的には施設を所有せず、運営会社として手腕をふるう経営方針に特色があった。

「その湯川リゾートが男鹿温泉郷の再開発計画プランを検討していたのです。経営が厳しいある大型旅館の運営に乗り出し、現代のニーズに合ったかたちで『湯とくつろぎを楽しむエリア』として完全に生まれ変わらせるという話でした。さらに旅館周辺部分にはレストランを中心とした『食を楽しむエリア』を設け、湯ノ尻漁港付近には『海を楽しむエリア』を開設するなど、地域一帯の総合開発プランを発表したのです。さらに戸賀(とが)湾の戸賀海水浴場にもリゾートエリアを計画していました。リゾート内は自動運転の電気自動車が走り回る予定でした」

和美は一瀉千里(いっしゃせんり)に説明した。

「戸賀ってここから見ると西側のエリアですよね」

マップで位置はわかっていた。かたちのよい入江があって周辺にいくつかの湖沼がある。

「ええ、あとでご案内しますね」

　にこやかに和美は答えた。

「でも、それだけの大型リゾートとなると、男鹿温泉郷では交通が不便なのではないですか」

　真冬の心配は当然だった。

　東京から盛岡は二時間一五分ほどだ。それなのに盛岡から秋田までが一時間四〇分も掛かってしまう。秋田新幹線には単線区間もあるためだ。あわせて三時間五五分。北海道新幹線で東京から新函館北斗駅までが四時間二〇分程度だから三〇分も違わない。秋田は遠いのだ。さらに男鹿温泉は秋田駅からのアクセスが非常に悪い。秋田空港を出発点とする秋田エアポートライナーというバスに秋田駅近くのバス停から乗車しても一時間二〇分も掛かる。ＪＲ男鹿線の男鹿駅から出ているあいのりタクシーを用いるとさらに時間が掛かる。そんな不便な場所にどうやって集客するというのだろう。

「その通りです。男鹿温泉へのアクセス手段を整備することが前提条件の計画でした。実は『なまはげ海のリゾート』計画は秋田県と男鹿市が地域振興を目的として湯川リゾートに男鹿進出を打診したことに始まっているのです。そこで、秋田県と男鹿市、さらに地元企業の秋田バスと大宝寺開発が『なまはげシー&エアライン』の開設を計画しました」

和美はしっかりとした口調で言った。

「『なまはげシー&エアライン』は新しい交通手段なのですか」

どんなプランだったのだろう。

「はい、JR秋田駅から秋田港をシャトルバスで結び、秋田港から北浦港までの間に二六〇人が乗れるジェットフォイルを運航し、北浦港から男鹿温泉までにもシャトルバスを走らせる計画でした。さらに富裕層向けには戸賀湾にフローティングポートという海上施設を設けて一〇人乗りのフロート式水上機を飛ばす計画もあったのです。男鹿温泉郷の交通の便の悪さを一挙に解消し、世間の注目を集めて『なまはげ海のリゾート』を成功させる予定でした」

「大変に大がかりな計画だったのですね」

「はい、メイン計画のジェットフォイルの場合、秋田港から北浦港までを一時間二〇分くらいで結べる予定でした。秋田駅と男鹿温泉は一時間四〇分くらいですね。フロート式水上機はさらに速いです」

「レンタカーよりは少し時間が掛かりますが、公共交通機関の存在は大きいですね」

「いまは多くの温泉地で高齢者層がメインターゲットですから、男鹿温泉郷でもレンタカー利用が減っているのです。公共交通機関の整備は重要な課題です。また、ジェットフォイルや飛行艇による海と空から男鹿を遊覧できる楽しみもプラスできます。お子さんのいる家族旅行客の誘致にもつながるはずでした……」

　和美は言葉を途切れさせた。

「でも、計画は中止されたのですね」

　真冬の問いに和美はゆっくりと答えた。

「はい、昨年の一一月に『なまはげシー&エアライン』『なまはげ海のリゾート』ともに中止が発表されました」

「中止の理由はなんだったのですか」

　畳みかけるように真冬は訊いた。

「秋田県と男鹿市、秋田バスなどそれぞれに理由があったようです。ですが、計画を中心になって推進していた大宝寺開発が計画から身を引いたことで空中分解したようです」

「大宝寺開発とはどんな会社ですか」

和美はちょっと考えるような顔つきになった。

「うーんと、船川地区の旧家である大宝寺家が経営している不動産デベロッパーです。大宝寺グループは不動産業やホテル飲食店経営、スーパー経営など幅広い分野で男鹿の経済に関わっています。総帥は船川在住の大宝寺義安（よしやす）という事業家でしたが、昨年九月に病死しています」

「すると、その人が亡くなったんで計画が中止になったんですか」

「そう……なんだと思います。詳しくは知りませんが……」

初めてあいまいに和美は答えた。

「それにしてもお詳しいですね」

真冬は感嘆の声を出した。

「えっ？」

和美はきょとんとした顔を見せた。

「男鹿温泉郷の開発計画についてよく知ってますよね」

真冬の重ねての問いに和美は困ったような顔を見せた。

「……そりゃ、わたしのふるさとのことですから」

いくぶんちいさい声で和美は答えた。

「お知り合いが観光関係の方なんですか」

それだけとは思えなかった。真冬は問いを重ねた。

「実は、わたしの父は和食の料理人でした。わたしが中学生の頃までは男鹿温泉郷のある旅館で板前をしていたのです。その旅館がつぶれてしまって……。父は東京の和食屋さんで仕事を見つけました。でも、慣れない環境で無理がたたったのか三年後に腹部大動脈解離という病気で急に亡くなってしまって……高校を卒業してからわたしは警察に勤めましたが、いつも男鹿の観光のことは気になっています。もし男鹿温泉郷で勤め続けていたら、父は死ななかったのではと思うこともあるのです。だから男鹿観光についての報道があると、一生懸命に見聞きしちゃうんです。ときには役場の観光課に勤めている高校の同級生に話を訊いたりして、それでいつの間にか詳しくなったんです」

しんみりとした声で和美は答えた。

「そうだったのですか……お父さま、お気の毒に」

真冬は父との別れを思い出さざるを得なかった。

まだ幼かったあの春の日。刑事であった父は犯人の凶弾に倒れてこの世を去った。

自分が警察官になったのは、父が見舞われたような悲劇を少しでも減らしたいとの思いがあったからだ。

「もう悲しいことはあまりなくなりました」

和美ははにかむように笑った。

「男鹿のことにお詳しい理由がよくわかりました。ところで、進藤さんご自身はこの計画がうまくいってほしかったですか？」

真冬は質問を変えた。和美なりの思いを聞いてみたかった。

「そういう部分はもちろんあります。男鹿温泉郷がもう一度盛り上がったのにという思いがあります。わたしの父のように北浦地区は仕事がないために秋田やさらに遠くに転出してゆく人も多いのです。あの計画が無事に進んでいたら、男鹿市の過疎化もある程度は防げたはずです。その意味では進んでほしい計画でした」

和美の言葉はどこか歯切れが悪かった。

「そうでないという部分もあるのですか？」

あえて真冬は問いを重ねた。

「まぁ、わたしのふるさとがおかしなことになってしまう心配はあります。湯川リゾートは環境との調和を重視して再開発計画は進めると主張していました。でも、ほかの事業者たちも含めて実際に計画が進むと、男鹿温泉郷は大きく変わってしまうことは間違いありません。過疎化高齢化が進んでいる男鹿半島を救う道ではあるかもしれないですが、同時に男鹿半島を破壊しかねない危うさを併せ持っている計画だったと思います」

低い声で和美は答えた。

「進藤さんのお考えはよくわかりました」

真冬はかるくあごを引いた。

「いや。わたしの考えなんてどうでもいいんですけど、たぶん北浦地区の多くの住民は似たような考えを持っているんじゃないんでしょうか」

「この計画について大きな反対運動はなかったのですか」

この問題について、訊き残したことだった。

「都市部の環境団体が反対運動を起こしていましたが、地元ではそういう動きはありませんでした。みんな現状がいいとは思っていませんので」

いくぶん気難しげな表情で和美は答えた。

「ありがとうございます。男鹿市が抱えている重要な問題が理解できたような気がします」

今回の事件に関わりがあるかどうかはわからない。だが、男鹿市の現状を知っておけば、なんらかのヒントをつかめるかもしれない。真冬は開発計画について詳しい説明をしてくれた和美に感謝した。

「わたしのつたない説明ですみません」

ちょっと笑って、和美は言った。

道は海から離れ、深い森のなかを走り続けた。いままで通ってきた道路と違って杉林が見られず原生林ばかりだった。

5

「あっら〜いいじー」

真冬は我を忘れて叫んでしまった。

眼下の森のなかに乙女の瞳のようなちいさな湖が翡翠(ひすい)色の水をたたえている。

その向こうには、まるく弧を描く美しい入江を介して瑠璃色の日本海が広がっていた。

水平線上にもくもくと湧き上がる入道雲が、真冬のこころを浮き立たせた。

「いま、なんておっしゃったんですか」

　和美に訊かれて真冬はハッとした。

「あんまりきれいなんで、金沢弁が出ちゃいました。『うわーいいな』っていう意味です」

　真冬の頬は熱くなった。

「『いいじー』って語尾がかわいいですね。こっちだと、『あえーいいべ』ってな感じでかわいくないです」

「そうかなぁ……とにかく素晴らしい景色ですね」

　眼前の絶景に視線を移して真冬は話題を変えた。

　真冬たちは八望台（はちぼうだい）と呼ばれる展望台に立っていた。

「すぐ下の湖は二ノ目潟と言います。ほかに一ノ目潟と三ノ目潟という湖があります」

　隣で和美の声が響いた。

　横を見ると、和美も湖を覗き込んでいる。

「二ノ目潟はとってもきれいなかたちですね。ほかの湖も見てみたいです」

　マップで三つの湖があることは知っていた。

「うふふ……」

なぜか、いきなり和美は含み笑いを漏らした。

「どうしたんです？」

「後ろを見てください」

和美の言葉に従って真冬は背後を振り返った。

「うわっち」

真冬は叫び声を上げた。

「湖がある……」

こちらの湖は二ノ目潟よりもかなり大きかった。湖水の色ももっと明るい薄藍（うすあい）色だった。

湖畔を取り囲む森も少し明るい感じがする。

「一ノ目潟です。湖底に一年毎に堆積した年縞（ねんこう）という堆積物が数万年分たまっています。世界でも数ヶ所にしかないとても珍しいもので、一ノ目潟は国の天然記念物に指定されているんですよ。三ノ目潟も堆積物で秋田県の指定天然記念物になっています」

「へぇ、不思議な湖。後ろに見えているのは反対側の海ですね」

一ノ目潟の向こう側にも水平線が見える。

白神山地から艫作崎(へなしざき)に続く陸地もすーっと伸びている。

「はい、北浦の海です。森のまっすぐの位置がだいたい男鹿温泉郷あたりになります」

和美は水平線を指さした。

「建物が見えるあたりですね。もうひとつの湖はどっちに見えるんですか」

ぐるりと周囲を見まわしても三つ目の湖は見えない。

「三ノ目潟はここからは見えません。それどころか三ノ目潟を見下ろせる場所はないんです。ちょっと前まではふつうに行ける場所ではなかったんです。『決してたどり着けない神秘の湖』なんて呼ぶ人もいました」

「わぁ、素敵！」

聞いただけでワクワクする名前だ。

「いまは男鹿市などが先導して地域の方々が遊歩道を整備したので湖畔にいけるようになりました。菅江真澄もここに立ち寄り、二ノ目潟と三ノ目潟を絵に残しています。その頃は三ノ目潟が望める場所があったようです」

「三つともどこか神秘的で不思議な湖ですね」

「そうですね、全国的にも珍しい湖だと思います。三つの湖は、マールと呼ばれる爆裂火口の痕です。だから、独特なまるいかたちなんですね。三つあわせて目潟火山と呼ばれます。寒風山が二、三万年前に活動していた時代の名残です。東北地方ではほかに例がありません」

「えー、寒風山は火山だったんですね」

「遠くから見てると草の山ですけど、実際に登るとすごい溶岩流の痕がみられますよ。二ノ目潟の向こうの入江は戸賀湾です。実はむかしは四之目潟と呼ばれていて、この入江はもっと古い時代のマールの名残です」

戸賀湾も爆裂火口だったとは驚いた。そのためにこんなまるいかたちなのだ。

「湖の向こうに入江、なかなかこういう景色は見られませんね」

少なくとも真冬の記憶にはなかった。

「わたしはほかには知りません」

きっぱりと和美は言った。

しばらく真冬は二ノ目潟や戸賀湾側と一ノ目潟の写真を撮り続けた。

「ありがとうございます。もうじゅうぶんです」

真冬は礼を言って出発を促した。

「では、戸賀湾のほうに下りて、西海岸を船川へ向かいましょう」

和美の言葉に従って真冬は展望台の階段を下りてクルマに乗った。

コペンはもと来た方向へと戻り始めた。

さっき合流してきた道へ入ってワインディングロードを下ってゆくと松林の交差点から海へ出た。

戸賀湾は八望台から見ていたよりもまるい入江で海の色はさらに明るかった。

「この入江は江戸時代には風待ちの港として栄えたそうです」

深く切り込んでいる入江は、外海の強風を遮断しそうだ。

「嵐のときなどには安心かもしれませんね」

真冬の脳裏にたくさんの北前船がこの入江に浮かぶ姿が浮かんだ。

「戸賀では入道崎と同じように古くから丸木舟が使われていたのですが、なんと平成一一年まで使っている人がいたようです。昭和四〇年代まではここ戸賀から門前という集落までのおよそ一七キロは陸路がなかったのです」

江戸期は陸路が発達していない土地が多く船が重要だったのだ。

鉄路が開鑿(かいさく)されてからとそれ以前では日本の交通路はかなり違ったものとなる。

能登でも伊豆でも半島地形の場所では、とくに陸路の整備が遅れた。

真冬は大学の教養課程のときに聴いた、そんな講義を思い出していた。

右手には白砂の浜が続き、少し沖合にはテトラポッドを積み重ねた防砂人工岩礁が並んでいる。

「このあたりが、戸賀海水浴場です」

和美は窓の外を指さした。

浜には三〇人くらいの人がパラソルの下に憩っていた。泳いでいるのはその半分くらいだろうか。

「人が少ない！」

真冬は目をみはった。平日とはいえ最盛期なのに、人はパラパラといった状況だ。なんとのどかな海水浴場だろう。

そのままコペンは海に沿った道を入江の端まで進んでいった。

ちいさな漁港を過ぎ、ワインディングの坂道を登ると右手に半円形の大きな建物が見えてきた。

「男鹿水族館ＧＡＯです」

和美は声を弾ませた。

「あ、ホッキョクグマで有名な水族館ですね」

「ええ、男鹿でいちばんの人気スポットかもしれません」

和美は明るい声で答えた。

坂道を登った左側の崖上に展望台らしきものと大きな駐車場があって、大型バスの屋根が陽光に光っている。

進入路に「菅江真澄の道　三ノ目潟」の標柱があった。

「そこに三ノ目潟と書いてありますね。ここなんですか？」

真冬は標柱を指さして訊いた。

「そうなんです。この上は戸賀湾展望公園で、三ノ目潟の入口となっています。ちょっとぐるっとまわってみましょう」

和美はステアリングを左に切って公園に続く道へと入っていった。

「うわーっ、クルマがいっぱい！」

だだっ広い駐車場には観光バスが何台かとたくさんの乗用車が駐車していた。

子どもを連れた二組の家族がクルマから出てこちらへ歩いてくる。

「男鹿のスターに会いに来た皆さんです」

展望公園の駐車場からはＧＡＯの建物とその前に伸びる岩礁がよく見えた。

「三ノ目潟はどこなんですか？」

「この上です」

真冬が訊くと和美はさらに上の台地へコペンを乗り入れた。

下の大型駐車場とは違って草の目立つ舗装されていない広場だった。第二駐車場なのかもしれないが、クルマの影は見えなかった。

和美は広場の奥へとコペンを進めた。

スチールのわりあい華奢(きゃしゃ)な茶色いゲートが設けられていた。

扉は開かれ、門柱脇に立てられたステンレス支柱から銀色のチェーンがだらりと下がっている。

クルマは入れないが、徒歩なら問題がないという管理者の姿勢だ。

奥にはクルマが一台通れるくらいの簡易舗装の道が延びている。

「このゲートから一〇分ほど歩くと、湖畔に下りられます。たどり着けない神秘の湖などと呼ぶ人もいましたが、整備が進んで誰でも行ける場所となりました」

「片道一〇分くらいなら歩けますよ」

真冬は弾んだ声を出した。

「でも……」

和美は思案顔で言葉を継いだ。

「途中からかなり道が悪くなります。ちょっと足ごしらえをしないと厳しいですね。朝倉さんの服装ならＯＫですけど、わたしの靴だと厳しいんで……」

顔を曇らせて和美は言った。

真冬はスイス革のトレッキングシューズで足もとを固めている。シャツもパンツもアウトドア向きだ。だが、和美のパンプスで無理をするとソールがとれてしまうかもしれない。

「わかりました。今日はガマンしときます」

神秘の湖は見てみたかったが、遊びに来たわけではない。

和美に無理をさせるわけにはいかない。装備がふじゅうぶんなトレッキングは危険だ。

「すみません、次の機会にぜひ」

和美はかるく頭を下げると、コペンの鼻先を県道に向けた。

おが潮風街道で西海岸を下り、かつては船でしか行けなかった加茂青砂（かもあおさ）集落を眺めた。大桟橋（だいさんきょう）やゴジラ岩などの奇岩続きの西海岸は、何度も津波の被害に遭ったという悲しい歴史を持っているそうである。これらの景勝は、門前（もんぜん）漁港から出発する観光船から眺めるのがいちばんだと和美は説明してくれた。

長楽寺（ちょうらくじ）と赤神神社五社堂（あかがみじんじゃごしゃどう）という古い寺社の横を通るときには、山岳信仰の盛んな地であったという平安時代の男鹿に思いを馳せた。

やがてコペンは今朝出発した船川の市街地に入り、すぐに《ホテル船川》に到着した。

真冬たちはコペンから下りるとボンネットの前で向かい合って立った。

「船川署か男鹿駅までお送りしようと思ってたのに」

「歩いても五分ですから」

和美は笑って首を横に振った。

「ありがとうございました。男鹿半島の魅力がよくわかりました」

真冬は頭を下げて和美に礼を言った。

「北浦、戸賀、椿地区はだいたいまわれましたね。男鹿にはまだここ船川と、脇本、船越、男鹿中、五里合（いりあい）、若美（わかみ）の各地区があります。でも、ほかの主要ポイントは脇本城と男鹿中とにまたがる寒風山くらいだと思います。観光地は不便な北の方に集中しているんです」

「北浦出身の進藤さんのおかげでスピード観光旅行できちゃった」

た。

「三ノ目潟にご案内できなくてごめんなさい」

神秘の湖を見てみたいという真冬の気持ちは漏れていたらしい。和美は肩をすぼめた。

「でも、最高の石焼きを頂けたので思い残すことはありません」

「たしかに！」

ふたりは顔を見合わせて大笑いした。

「なんて言うと不謹慎ですけど、事件現場も北浦ですし、周辺地域の地理をしっかり刻み込めて大変にありがたかったです」

「お役に立てたのならよかったです」

「明日からいろいろと調べていきたいと思っています。伺いたいことがあったらお電話していいですか」

和美にはこれから重要な協力者となってもらわなくてはならない。

「もちろんです。ああ、まだ電話番号をお伝えしてなかったですね。電話番号教えてくれますか」

和美はスマホを取り出した。

真冬が番号を伝えるとすぐに和美から着信が入った。

「登録しました」

「この番号は私用スマホのです。公用の携帯番号はこちらを」

和美はポケットから名刺入れを取り出して一枚を抜いて手渡してくれた。


――秋田県警察　刑事部捜査第一課強行犯係　主任　警部補　進藤和美

やはり警部補だったのだ。和美がいかに優秀であるかは、男鹿ドライブでよくわかった。

これからも秋田県警で重要な職務を担える人材だと思っていた。

「では、秘密の名刺を……」

真冬もポケットから名刺を取り出して渡した。


――警察庁長官官房　特別地方調査官　警視　朝倉真冬

「あらためてこれ拝見すると、なんか今日いちにち、ご無礼しっぱなしだったような気がしてきます」

名刺を受け取った和美はしゃちほこばった。

「やめてください。すっかりお友だちになれたのに」

和美の人柄を知って、真冬は本気でそう思っていた。

「友だちとは恐縮です」

眉根を寄せて和美は肩をすぼめた。

「淋しいこと言わないで。これからもどうぞよろしくお願いします」

真冬は笑顔でしっかりと頭を下げた。

「ありがとうございます」

和美は顔をほころばせた。

「これから進藤さんは？」

「もちろん捜査本部泊まりです。でも、わたしはみんなの寝ている武道場ではなく、小会議室を与えられているのでラクです。こういうときは女でよかったと思いますね」

和美は微妙な表情で笑った。女性警察官として不利益を被(こうむ)ることもあることだろう。

「今日は時間とっちゃってごめんなさい」

真冬が奪った彼女の数時間は言い訳できるのだろうか。

「大丈夫です。上への報告はなんとかできますから」

平気な顔で和美は答えた。

「それならいいんですけど」

「明日も必要があったら呼び出してください」

「平気なんですか？」

「捜査協力者と会うことにすれば、数時間は出られると思います」

「その節はよろしくお願いします」

あらためて真冬は頭を下げた。

「お友だちのためですから」

和美は笑みを浮かべて右目をつむった。

真冬はちょっとじーんときた。

「では、失礼します。なにかありましたら、私用のスマホのほうにいつでもお電話ください」

和美は一礼して去っていった。

脚が長くスタイルがいいので後ろ姿が夕方の斜光線に映えていた。

第三章　男鹿路

1

真冬はホテルのドアを開けた。

「お帰りなさい」

戸沢恵子がフロントのカウンターから声を掛けてきた。

「今日はいろいろと収穫がありました」

真冬はにこやかに答えた。

「よかったですね。はい、お部屋の鍵」

恵子はアクリルの番号札付きのルームキーを渡した。

「男鹿っていいところですね」

本音で真冬は言った。

「そうかしら……わたしには斜陽の土地にしか思えないんですけどね。今夜だってガラガラですよ。うちだっていつつぶれるか……」

浮かぬ顔で恵子は答えた。

「今夜もご厄介になります」

真冬が答えていると、ドアが開いて恵子の弟の勇夫が入って来た。

昨日と同じような派手な柄シャツをチノパンの上に羽織っている。

今日は黄色っぽい柄だ。ますますにやけた男に見える。

「お疲れさまです」

勇夫は真冬に向かってかるく頭を下げた。

ふたりに会釈して真冬はフロントを離れた。

「姉貴、ちょっと頼むよ。ヤバいんだよ」

背後で甘えたような勇夫の声が聞こえた。

「なに言ってんのよ。冗談言わないで。ダメダメ」

けんもほろろの恵子の声が響いた。

金でも借りようというのだろうか。真冬はこの奇妙な姉弟に背を向けたままエレベーターに乗り込んだ。

五階の部屋に入るとデイパックを放り出してベッドに横たわった。

さすがにいささか疲れていた。

大きな収穫はなかったが、和美のおかげで男鹿半島への理解は進んだ。

彼女の言うとおり、男鹿市内に居住する清水政司の関係者を調べるべきだ。

しかし、少なくとも、なまはげ柴灯まつりの参加者でないことはわかっている。

小野老人が目撃した赤いナマハゲ面をつけた犯人……何者なのだろうか。

その人物にはいったい、どこから迫っていけばよいのか。

目の前にひろがる真っ暗な闇に真冬はめまいを覚えた。

だが、まだ初日ではないか。捜査本部が半年掛けて捜査しても有力情報が得られていない事件だ。焦らずに調査を進めていかなくてはならない。

真冬はとりあえずシャワーを浴びて部屋着に着替えることにした。

夕食は七時過ぎでいいだろう。

着替えが終わって窓の外を見ると、東側の街区に夕暮れが訪れていた。

警察署、公共職業安定所、ちょっと離れた埋め立て地の市民病院などがオレンジ色に染まっている。

マリーナの向こうの海は青黒く沈んでいた。

真冬は明智審議官に業務報告を送るためにノートPCを起ち上げた。

――本日より調査を開始しました。現場観察を行ったところ鑑の濃い者の犯行との感触を得ました。現場で偶然に秋田県警刑事部捜査第一課の進藤和美警部補と知り合いました。懸案事件の捜査本部に一週間前から所属している警察官で、捜査本部の方針に違和感をおぼえています。進藤警部補に対して調査の趣旨等を説明し協力を依頼しました。その後、男鹿の地理・文化・経済状況等を把握する目的で、進藤警部補と一緒に、半島を半周しました。引き続き、ナマハゲ面の犯人の特定に努めます。本日は以上です。

なにか問題があれば電話が掛かってくるはずだ。

すぐに返信メールがきた。

――遺漏（いろう）なく調査を継続するように。進藤警部補には当方の情報開示について慎重な態度をとりつつも、可能な限りの協力を求めること。以上。

真冬の行動にとくに問題はないようだが、相も変わらず素っ気ない。

これが、血の通った人間の返信なのだろうか。

明智審議官の神経質っぽい秀才面が浮かんできた。

急ぐ必要はないのだが、真冬は今川に電話する気になった。スマホを取り出して今川の番号をタップする。

「はい、今川……朝倉警視、お疲れさまです。そっちはいかがですか」

耳もとで元気のよい若々しい声が響いた。

「現場観察したんだけど、鑑の濃い者の仕業だと思うんだ。とくにね、男鹿半島内の居住者を疑ってる……」

真冬は現場の状況や小野老人への聞き込み、浪岡顕人や進藤和美と知り合ったことなどについてかいつまんで説明した。

「うーん、なるほどねぇ。今日の時点ではそれで精いっぱいですよね。前回は遠山さんっていう有力な協力者がいましたからね」

話を聞き終えた今川は低くうなった。

「でも、進藤さんと出会ったことは大きいけどね」

「万体仏事件の捜査本部にいる秋田県警捜一の刑事なんてできすぎですよね。いい協力者に出会えましたね」

　今川は明るい声で答えた。

「ナマハゲの引き合わせだね……これから犯人に関わりのある人物を探し出さなきゃいけないんだけど、そっちで調べてもらうことが出てきたらよろしくね」

　まじめな声で真冬は頼んだ。

「了解です。いつでも連絡してください」

　今川は頼もしく請け合った。

「今日は男鹿半島半周ドライブしたんだよ」

「わぁ、公費で何やってんですか。名前を言えないあの審議官に報告してやるっ」

　悔しそうな今川の声が返ってきた。

「ちゃんと、アケチモート卿に報告したよ。男鹿の地理・文化・経済状況等を把握する目的だってね」

「なんだ、審議官も知ってるんですか。でも、本当の目的は男鹿半島のグルメを把握するためでしょ？」

　わざと意地悪な声で今川は訊いた。

今川はとにかくグルメな男である。

本人に言わせると、激務続きの警察官僚生活のなかでは食べることくらいしか楽しみがないそうである。

部下になる前から、今川とは美味しいものの情報交換をしている仲でもあった。

「えー、なんで知ってるの？」

真冬はとぼけた答えを返した。

「やっぱりな……今日の収穫はなんですか？」

「うふふ」

「なんです？　その気味の悪い笑い方は？」

「メール送るね」

「送んなくていいですよ」

今川の言葉を無視して真冬はまず石焼きの写真を送りつけた。

「わー来た。送んなくていいって言ったのに。げげげっ」

しばしの間、今川は絶句した。

「……これ、なんですか？　刺身は鯛っぽいんだけど……」

放心したような今川の声だった。

「男鹿半島の北端、入道崎で食しました石焼きでございます」

澄ました声で真冬は答えた。

「ああ、この木桶に入っている石を加熱しておいて鯛に一挙に火通しをする料理ですね」

写真を見ただけで今川は調理法を察したようである。

「そうなの。しかも使っている鯛は地場産の天然真鯛なんだよ」

さらっと真冬は自慢した。

「て、てんねんまだい！　かなりの量じゃないですか……」

今川は言葉を失った。

「そう。塩味の出汁とのコンビネーションが素晴らしくてね」

真冬はあえてうっとりとした声を出した。

「電話切りますよ」

ことさらに素っ気ない声で今川は言った。

「あのね、ふつうは味噌味だそうなんだけど、このお店は山椒の風味がきいた塩味の出汁なの。でも、おかげで鯛の香りと甘みがよく引き出されてるんだ。プルプルのアラはコラーゲンたっぷり。これも塩味が合うんだよねぇ」

「電話切るって言ってるじゃないですかぁ」

とりわけ悔しそうな声で今川は繰り返した。

「そう言わず。もう一枚写真見て」

「あー、待って送らないでぇ」

今川の叫びを無視して、今度は石焼き茶漬けの写真を送った。

わずかの間、沈黙が漂った。

「こ、これは……」

かすれた声で今川は言った。

「どう？　お茶漬け風にした二枚目。見るからに美味しそうでしょう。わさびを加えるから鯛の身も出汁もエッジがきいて味が変わるの。一粒で二度美味しい石焼きでしたぁ」

真冬はここぞとばかりに石焼きを自慢した。

「もう……いいです……。朝倉さんがナマハゲみたいな鬼だってことがよくわかりましたよ」

ふて腐れたように今川は答えた。

「そうよ。ナマハゲは怠(なま)け者を懲(こ)らしめる神さまなんだから。今川くんが怠けてるときっとナマハゲが霞ヶ関を訪ねてくるよ」

「怠けてるわけないでしょう。主席監査官から要請のあった前の事件の関係書類をそろえるのは本当に大仕事なんですよ。朝倉さんの出発前は、男鹿の事件の資料を揃えるのに追われていたし……」

今川は急に弱り声になった。

「男鹿の資料ありがとう。今日も頑張ってるのね」

「頑張ってますよ。今日の夕飯だって脂っこい揚げ物だらけのケータリング弁当なんですよ」

今川の声はさらに情けなくなった。

「わたしはこれから、近くのお料理屋さんで男鹿名物第二幕の予定」

素直に言ったつもりだが、我ながら意地悪かもしれない。

「いじめだ。うん、これははっきりいじめの構図です」

もっともらしい声で今川は言った。

「いじめてなんていないよ。グルメ好きの今川くんだから報告してるだけじゃないの。またまた報告してあげるね。男鹿に来たときのために」

「男鹿いいなぁ……それにしても、どうして朝倉さんと僕ではそんなに待遇が違うんですかね。理解不能ですよ」

まじめな声で今川は言った。

「さぁ？　いままで警察庁に尽くしてきたからじゃないの？」

むろん本気ではない。

本庁の職を解かれて、ノマド調査官を命じられたときには落胆した。明智審議官を恨みもした。いまでは受け容れる気になってはいるが……。

「ねぇ、そっちに呼んでくださいよ。僕でお手伝いできることがあるでしょ。すぐに飛んできますから」

今川は期待を込めた声を出しているが、どうせ本気ではあるまい。

「こっちでは用事はないよ。この先、今川くんに調べてもらわなきゃならない仕事が出てくるはずだから、あなたには東京にいてもらわなきゃ」

真冬はしっかりと断った。

「くーっ、恨んでやる。呪ってやる。鬼、悪魔……このナマハゲーっ」

耳もとで今川の声が響き続けた。

電話を切ってベッドに寝っ転がったとたん、スマホの着信音が響いた。

ディスプレイには知らない携帯番号が表示されている。

「あの……朝倉さんの携帯でよろしいでしょうか。なまはげ館でお目に掛かった浪岡ですが……」

中音でよく通る声は浪岡で間違いがない。

「はい、朝倉です。浪岡さんですね？」

「よかった。いまお電話大丈夫ですか」

「はい」

「今日はありがとうございました。ところで、あの後どうされたかと思って……万体仏で……」

心配そうな声で浪岡は訊いた。

田中にからまれたことを心配してくれていたのだ。

真冬はちょっと胸が熱くなった。

「すぐに誤解は解けたんです。釈放されました」

あたりさわりのない答えを真冬は返した。

「そうでしたか。あの刑事さん、ずいぶんと威丈高だったし、ずっと心配していたんです。僕はお堂の外で待っていようかと思ってたんですが、ちょっと用事もあったたんであの場を後にしました。本当に後ろ髪引かれる思いってやつでした」

浪岡はちいさく笑った。

「ごめんなさい、心配をおかけして。でも、わたし別に怪しい人間ではありません。あのお堂で巻き尺なんて持ち出してたのも、仕事のために詳しく調べたかったからなんです」

この言葉に嘘はないわけだ。

「すべてはライターさんのお仕事ですもんね」

まじめな声で浪岡は言った。

「そうなんです。疑い深い刑事さんでほんとに困っちゃいました」

「あのときはどうなることかと思いました……ところで、まだ男鹿にいらっしゃるんですか？」

「わたし船川のホテルに泊まってるんです」

「えっ！　そうなんですか」

浪岡は驚きの声を上げた。

「はい、男鹿駅の近くです」

「僕も船川の住人なんですよ」

浪岡は明るい声を出した。

「あの……夕ご飯を食べに外へ出ようと思っているのですが、秋田のお料理を出してくれるお店をご存じないでしょうか」

地元なら浪岡は詳しいはずだ。

「もしよろしければ、ご一緒しましょうか」

いくぶん遠慮がちに浪岡は言った。

「いいんですか？」

ひとりで食べにゆくより楽しいはずだ。真冬は嬉しかった。

「夜はいつも外食なんですよ。男鹿料理の美味しい店をご案内しますよ」

「ありがとうございます。よろしくお願いします」

真冬は弾んだ声で頼んだ。

「決まりだ。お泊まりはどちらですか？」

「《ホテル船川》です」

「やっぱりそうか。近くに住んでるんですよ。一〇分くらいでお迎えに上がります」

「嬉しいです。ロビーでお待ちしていますね」

真冬は弾んだ声で答えた。

部屋のドレッサーに向かって化粧をし直して、新しいシャツとパンツに着替えた。もう一回鏡のなかの自分を確認すると、真冬はゆっくりと部屋を出た。

ロビーに下りて行くと、すでに浪岡は待っていてくれた。

「朝倉さん、こんばんは」

半袖のホワイトシャンブレーシャツにデニム姿がさわやかだ。

「こんばんは、わざわざありがとうございます」

浪岡に会釈をすると、真冬は鍵を返しにフロントに歩み寄った。

すでに弟の勇夫の姿はなかった。

「ちょっとお夕飯食べに出てきます」

なんとなく恥ずかしいので、真冬はちいさな声で告げた。

「あら、お客さん。昨日こっちに着いたばかりなのに、もういい男見つけたの？」

妙な言い方をして、恵子はふふふと笑った。

「あの……美味しいお店を案内して頂けることになりまして……」

真冬は、返事に困った。

「そう。あなた、若くて美人だから、すぐにいい男が寄ってくるのねぇ」

恵子は声を立てて笑った。

なんと返事していいからわからず真冬が黙っていると、浪岡が背後からたしなめた。

「やめなよ、恵子さん。彼女、困ってるじゃないか」

「ふふふ、顕人くんをとられて悔しいのよ。わたし」

恵子は媚(こ)びを含んだ声で恵子は言った。

「なにバカ言ってんだよ。さぁ、行きましょう」

浪岡は声を尖らせると、真冬を促した。

ふたりは並んでホテルを出た。

夕闇が忍び寄っていて、海の方向から潮の香りを乗せた風が頬をなでる。

「ここから二〇〇メートルくらい歩くんですけど……」

浪岡は駅とは反対方向に歩き始めながら言った。

「あ、ぜんぜん近いです……ホテルの奥さんと親しいんですね」

恵子は浪岡をファーストネームで呼んでいた。なれなれしい態度からも相当に親しい間柄だと思われた。

「たまたま飲み屋で知り合っただけです。なにせ狭い町ですから」

言い訳するように浪岡は答えた。

2

ふたりは県道と並行している裏道を北の方向へ歩いている。

両側に歩道が整備されたわりあいと広い道で、左右にはぽつぽつと商店が並んでいる。

「ここです。秋田料理を食わせます」

浪岡が立ち止まったのは和風居酒屋というジャンルに入る店だった。

間口が三間ぐらいの平屋造りの建物で、入口は升目格子ガラスの入った茶色いアルミの引き戸だった。藍色ののれんには《男鹿路》と白抜きされている。

ちいさいが、まだ真新しいこぎれいな店だった。

「おばんです」

引き戸に手を掛けて浪岡はあいさつした。

「いらっしゃいませ。あら、顕人さん。お連れさん？」

三〇代終わりくらいの作務衣(さむえ)姿の小柄な女性がカウンターから声を掛けてきた。

かたわらには緑色のエプロンを掛けた高校生くらいのかわいらしい女の子が立って

いる。

「うん、仕事の関係で知り合った朝倉さん。東京からお見えなんだけど、《ホテル船川》に泊まってるんだ。秋田料理を食べてもらいたくて」

明るい声で浪岡は真冬を紹介してくれた。

「朝倉真冬と申します。旅行雑誌の取材で浪岡さんにはお世話になっているんです。美味しいお店にご案内頂けるということで喜んで従いて参りました」

真冬はていねいに頭を下げた。

「そうですか。それはわざわざありがとうございます。黒沢優花（くろさわゆうか）といいます」

優花と名乗った女性は愛想よく礼を言った。

ひな人形のようなちまっとした卵形の顔に切れ長の目が愛らしい。

色が白く肌のきめが細やかなことも身長やスタイルのよさも和美に負けない。

ひっつめている髪が黒々とつややかな秋田美人だ。

店内は五人分のカウンター席と四人掛けのテーブルが二つ。さらに左の奥に四人は座れる小上がりがあった。

時間が早いせいか、ほかに客の姿はなかった。

「小上がり借りますよ。お料理はおまかせでお願い」

浪岡は返事も待たずに奥の小上がりに足を向けた。真冬もあとに続いた。

「どうぞどうぞ」

カウンターから優花が愛想のいい声を出した。

小上がりは道路側に窓があって障子が入っていた。

その横でエアコンがかすかなうなりを立てている。

漆の座卓を挟んでふたりは座椅子に落ち着いた。

一面に漆の深い朱色が輝いている。

「素晴らしい座卓ですね」

真冬は座卓の美しい文様に見入りながら言った。

「県南の湯沢市の特産品、川連塗の座卓です。食器が多いので家具は珍しいんです」

浪岡は座卓の天板をかるくなでながら答えた。

湯沢市は和美が言っていた絵灯籠まつりの街だ。

「うちにもほしいけど、高いだろうなぁ」

「意外とお手頃ですよ。この座卓で三〇万円くらいじゃないかな」

涼しい顔で浪岡は言った。

「そんなに高いのとても無理です」

祖母の仕事のせいで工芸品の価値はよく知っている真冬だが、自分が買うのは無理な価格だ。

「僕もです」

ケロッとした浪岡の顔に真冬は大笑いしてしまった。

浪岡も声を立てて笑っている。

鶯色の京壁の右横に吊り床があった。茶色い焼き肌に、青っぽい釉薬がぼてっと掛かった陶器の一輪挿しが置いてある。かわいらしいピンク色の朝顔が活けられていた。

この素朴であたたかい陶器は真冬にもわかった。秋田県を代表する焼き物だ。

「この一輪挿しは楢岡焼ですね」

真冬の言葉に浪岡は目を大きく見開いた。

「よくご存じですね。全国区とも言えない焼き物だが……そうです、こちらも県南の大仙市で焼かれています。この群青色の海鼠釉で有名ですね」

「ああ、これ、海鼠釉っていうんですね？」

「はい、独特の白土と呼ばれるものを使っています。ほかの陶芸品で使われないので、この独特の青みは楢岡焼だけの貴重なものです。白土は実は男鹿とも関わりがあるのです」

「え？　だって大仙市の焼き物なのですよね？」

秋田新幹線が方向転換する大曲駅が大仙市の中心だ。和美が言っていた花火大会で有名な町だ。男鹿からはずいぶん遠い。

「はい、そうです。皆さん白土と省略していますが、実は男鹿白土というのが正しい名称です。男鹿の火山噴火により生成された火山灰が熱などで変質した土で、男鹿半島で産出されます」

「へぇー。男鹿の噴火活動は一ノ目潟みたいなマールを生んだだけじゃないんですね」

「その通りです。土は大仙市の地元のものを使っていて登り窯で焼いています。秋田の陶芸だからではありますが、僕は好きなんですよ。いや、はっきり言えば日本一好きなのです」

一輪挿しに視線を置いたまま浪岡は言った。

文化人類学が専攻だからかけ離れたものではないが、浪岡が工芸品につよい愛情を持っていることが真冬には嬉しかった。

幼い頃から育ててくれた祖母を真冬は深く愛している。と、同時に陶芸に打ち込み続けている陶芸家、朝倉光華をひとりの大人の女性としてひたすらに尊敬していた。

だから、浪岡が楢岡焼を深く愛するこころを持っていることに真冬は感動した。

浪岡の郷土秋田への愛もこのうえなく美しく感じた。

一輪挿しを見つめる浪岡の顔に真冬は見とれた。

「あたたかみがありますよね」

ぽーっとしていたせいで月並みな言葉しか出て来ず残念だった。

「朝倉さんは日本酒は飲めますか」

浪岡は口もとに笑みを浮かべて訊いた。

「はい、まぁ少々は……」

四合瓶くらいは空けられるが、口には出しにくかった。

そんな話をしていると、さっきのエプロン姿の女の子がおしぼりをふたつ持ってきた。

「利美（としみ）ちゃん、いつもの冷酒二合、お願いします」

「はぁい」

利美はぺこりとお辞儀して去った。

おしぼりはよく冷えていて気持ちよかった。

「おまちどおさまです」

すぐに利美がふたつの小鉢に入った料理と、ガラスの酒器と酒杯を運んで来た。

「まぁ、とりあえず」

浪岡が酒器を手にしたので、真冬はガラスの酒杯で受けた。

口のなかでリンゴにも似た華やかな香りがひろがる。

「美味しいです。とっても」

真冬は口をほころばせた。キレがあり、中口で飲みやすい日本酒だった。

「秋田を代表する小玉醸造『太平山』の『天巧』という純米大吟醸酒です。お隣の潟上市のお酒なんですよ」

誇らしげに浪岡は言った。

「お通しも召し上がってください」

小鉢を覗き込むと　魚卵の醤油漬けのようである。

口に持って行くと皮が固い。歯ごたえがある。噛みきるとパチンとはじけて驚いた。

「不思議な食感ですね。味はイクラの醤油漬けによく似ています」

「男鹿ブリコです。冬が漁期のハタハタの卵を醤油で漬け込んだものです」

浪岡は酒を注ぎながら言った。

「あ、秋田を代表する魚ですね」

「そうです。秋田県の県魚とされています。この醤油漬けは優花さんの手作りです。旬の時期に仕入れて醤油に漬け込んで冷凍保存したものです。男鹿をはじめ沿岸部の家庭ではよく作る惣菜です。素朴な家庭料理なんですよ」

浪岡は誇らしげに言った。

「貴重なものを頂けました」

浪岡のおかげで、割烹料理とは違った本当の秋田の味に接することができた。

利美は続けて小鉢に入った魚の切り身らしきものを持って来た。

「秋田各地で作られる切り込みという塩辛の一種です。ニシンや鮭を、塩と米麹（こめこうじ）や唐辛子などに漬け込み発酵熟成させるのが一般的です。ですが、男鹿では真鯛を使うことが多いです。優花さんは地場産の天然真鯛を使っているんですよ」

得意げに言って浪岡は先に手をつけた。

「頂きます」

真冬もひと切れを箸にとった。

麹の香りが食欲をそそる。

適度な歯ごたえと鯛の甘みが素晴らしい。

鯛の切り込みとあまりにも似合う。どうしても酒が進んでしまう。

続いて真鯛、ウニ、甘エビ、サザエ、ヒラメと色とりどりの刺身が出てきた。

「ぜんぶ地場産です。船川港に水揚げされた魚がここへ直行なんですよ」

最高に新鮮な刺身の数々は真冬を驚喜させた。

次から次に秋田の名物が出てきて、真冬の舌とこころは躍り続けた。

じゅんさいの吸い物とハタハタ寿司が出てきた頃にはすっかり満足していた。

ただ、写真をあまり撮れなかったことが残念だった。

「万体仏の取材はうまくいきましたか」

酒を注ぎながら浪岡は訊いた。

「はい、あの刑事さんに帰ってもらってから、無事に済ませました」

「それはよかった」

明るくほほえむ浪岡の顔を見て、真冬は事件の話を切り出そうと思った。

「あのお堂で今年のなまはげ柴灯まつりの夜に、悲しい事件が起きたそうですね」

真冬は浪岡の目をしっかり見つめてゆっくりと尋ねた。

「……ええ、知っています」

浪岡は急に沈んだ表情になった。

「わたし旅行雑誌の取材だけではなく、迷宮入りになりそうな万体仏事件の取材もしているんです。実はそっちがメインなんです」

思い切って真冬は告げた。

「そうだったのですか！」

浪岡は目を見開いた。

真冬の取材目的が殺人事件にあると知った驚きにしては反応が大きかった。

あるいはなにかを知っているのかもしれない。

「こんな素敵なお店をご案内頂いたのに恐縮ですが、もし浪岡さんがあの事件についてなにかご存じならぜひ伺いたいと思いまして」

真冬は真剣に頼んだ。

「僕でお役に立てるのなら……」

低い声で浪岡は答えた。

「ご存じのことがあるのですね？」

「いや、この界隈での噂話に過ぎないので話半分に聞いて頂ければと思いますが」

慎重な調子で浪岡は予防線を張った。

「なんでもけっこうです」

「殺された清水さんは秋田市在住の方ですよね。報道で知ったのですが、男鹿の真山で殺されていたのは、柴灯まつりを見に行っていたか、犯人に呼び出されたのが理由で、たまたまあの場所であったとか」

「そう聞いています」

「なので男鹿市ではなく、秋田市に事件の根っこがあると思われているんですよね」

「はい、犯人は男鹿にはいないと考えられているようです。男鹿温泉に何回か宿泊している以外に清水さんと男鹿をつなぐものはなにもないらしく……」

「でも、犯人はナマハゲの扮装をしていたんですよね」

「ええ、面をつけてケデをまとっていたと報道されていました」

「なんでナマハゲなのかなぁ」

浪岡は天井を仰いだ。

「わたしが聞いている範囲では、犯人が警察を誤誘導するためにあえてナマハゲの格好をしたということらしいです」

「どういう意味ですか」

ぽかんとした顔で浪岡は訊いた。

「あの事件が起きたとき、すぐ上の真山神社ではなまはげ柴灯まつりが行われていたわけですよね」

「ええ、事件は二月一九日の午後七時半近くに起きたんですからね。あのイベントは六時から七時半の間、行われていました。僕もそこにいたのですが」

「犯人は真山神社にいたナマハゲに紛れ込んで万体仏に近づき逃げた、と最初のうち警察は思い込まされていたのです」

「ああ、そうだったみたいですね。僕の知人でも取り調べられた人がいます」

「でも、真山神社のナマハゲのなかに被害者の清水さんと接点を持つ人はいなかったのです」

「なるほど……」

「そうして捜査の矛先を真山神社のナマハゲに向けようとした誤誘導だと、現在では警察も考えているようです」

「納得できました。それはあるかもしれませんね。なにせあの晩の真山神社はナマハゲだらけでしたから。つまり、逆に男鹿以外の人物が男鹿人を装ったと考えられているのですね」

「はい、その可能性はつよいのではないでしょうか」

「たしかに犯人を男鹿人だとは思いたくはありません。僕も脇本の人間なので」

「浪岡さんも男鹿人ですもんね」

ゆっくりと浪岡はうなずいた。

「でもね、清水さんね、この店や近くの飲み屋などに何度か顔出してたんですよ」

意外な言葉を浪岡は口にした。

「え……」

真冬は絶句した。

警察はこの情報をつかんでいないらしい。

「僕はこの店から五分くらいのところに安アパートを借りて住んでるんですけど、夕飯はだいたい外食なんですよ。だから、夜はけっこうこのあたりの店にいます。で、一度だけですけど、近くの《赤灯台》ってバーで、誰かと飲んでいる清水さんに出会ったことがあります。相手の男は知らない人だったけど」

淡々と浪岡は言った。

「本当ですか！」

真冬は身を乗り出した。

「はい、報道で写真を見てすごく驚いたんです。で、清水さんの話をここらで飲んでいる連中に訊いてみたんですよ」

浪岡は真冬の目をじっと見た。

「な、なにかわかりましたか……」

真冬の舌はもつれた。

「清水さん、大宝寺グループと関わりがあったみたいですよ」

低い声で浪岡は告げた。

「なんですって！」

思わず真冬は叫び声を上げた。

「たまたまかもしれませんけど、清水さんと大宝寺開発の専務が《赤灯台》で飲んでいたことがあるそうです」

「それはいつ頃のことですか」

「去年の秋ですね。たしか一〇月頃だったような……」

「ほかに目撃情報はご存じないですか」

真冬は急(せ)き込んで訊いた。

「いや、僕が知っているのはそれくらいですね」

浪岡はしっかりと真冬の目を見て言った。

「とにかく清水さんは船川で何度か飲んでいたんですね」

「それは間違いないと思います」

しっかりと浪岡はうなずいた。

「わたしが聞いたところでは男鹿温泉にしか泊まってないようですけど」

畳みかけるように真冬は訊いた。

「まぁ、宿に帰って寝てたんでしょうね。小型のタクシーなら七〇〇〇円も出せば帰れますから。夜なら三〇分そこそこでしょう。僕には払える料金じゃないですけどね」

浪岡は苦笑した。

「清水さんは大宝寺グループとどんな関わりがあるんでしょうか」

真冬は期待を込めて訊いた。

「河岸を変えましょうか」

浪岡はあいまいに笑って誘った。まだ話を続けてくれるようだ。

「はい、どちらへでも」

「話に出た《赤灯台》に行ってみませんか」

「ええ、連れてってください」

真冬は胸の前で手を組み合わせて頼んだ。

浪岡がトイレに立った隙に、真冬は会計を済ませた。

「ほんとにありがとうございました。おかげさまで男鹿の味を堪能できました」

レジスターの前に立つ優花に真冬はしっかりとお礼を言った。

「こちらこそありがとうございます。お口に合ってよかったです」

にこやかな笑顔で優花はレシートを渡した。

「ええ？　ふたり分ですよ？」

レシートを見て真冬は驚いて訊いた。

「大丈夫です。男鹿は東京と違って物価が安いんです」

困ったような顔で優花は答えた。

「なんかびっくりです。きっとまた来ます」

「はい、またぜひお越しください」

優花は嬉しそうに頭を下げた。

ガラッと引き戸を開けてひとりの派手なシャツの男が入って来た。

「あれぇ、お客さん、ここで飯食ってたんですか」

戸沢勇夫だった。連れはいないらしい。

「ああ、ホテルの……」

真冬はこの男のなれなれしさがどうも好きになれない。

「お、戸沢さん、今夜もここで沈没か。優花さんに迷惑掛けるなよ」

トイレから出てきた浪岡が勇夫に声を掛けた。

「なんだ、あんたが連れてきたのか」

勇夫と浪岡も親しいらしい。

「そうだよ。男鹿の美味いものって言ったらここしかないだろ」

「美人を口説くにゃ色気のない店だけどな」

勇夫はヘラヘラと笑った。それほど酔っているようには見えない。

「なにくだらないこと言ってんだよ。さっさと座れよ」

持て余し気味に浪岡は言った。

「へいへい、邪魔者は口出ししませんよ。生中ね」

勇夫はカウンターに座って声を張り上げた。

「はい生中ね」

「優花さん、お会計お願い」

ビアジョッキをとりに行こうとした優花に浪岡が声を掛けた。

浪岡はデニムの尻ポケットから財布を出した。

「朝倉さんから頂いてます」

優花は笑顔で答えた。

「いや、そりゃ困ります。僕が誘ったんだから」

浪岡は真冬に向き直ってあわてた口調で言った。

「いいんです。次のお店でおごってください」

さらりと真冬は受け流した。

「でも……」

浪岡は困惑の表情を浮かべた。

「二次会お願いします」

真冬はぺこりと頭を下げた。

「じゃあ行きましょうか」

浪岡の言葉に真冬も戸口へ向かった。

「ありがとうございました。朝倉さんに喜んで頂けてすごく幸せでした」

優花は素敵な言葉で店の外まで送ってくれた。

真冬の目にちいさく手を振る優花の笑顔が淋しげに映った。

3

浪岡は先に立って歩き始めた。《赤灯台》は二分ほどの距離にあった。

ライトブルーの羽目板が目立つちいさな店で、外観はバーというよりも喫茶店という感じだった。建てられてから三〇年くらいは経っていそうな建物だった。

白く塗られた井桁格子（いげたごうし）のアルミドアを静かに開けた。

「おばんです」

浪岡は明るい声で店内に声を掛けた。

白いワイシャツにきちんとネクタイを締めた六〇代なかばくらいの痩せぎすの男がカウンターから答えた。

「ああ、浪岡さん。どうも」

狭い店内は六人掛けのカウンターと四人がけのテーブル席がふたつだった。

店内の白壁の雰囲気も喫茶店ぽかった。

壁には大きな船の古い舵輪が飾ってある。

ほかに客はいなかった。

「今日はお客さんがいるんで、テーブル借りますね」

「どうぞごゆっくり」

マスターは静かに答えた。

真冬たちは奥のテーブル席に向かい合って座った。

「朝倉さん、ワインはどうです？」

「はい、赤が好きです」

浪岡はうなずくとマスターへ顔を向けた。

「赤のデカンタとチーズかなにかお願いします」

「お待ちください」

すぐにデカンタやグラスとともに、スライスされたミモザ色のチーズが運ばれてきた。

「では、乾杯」

真冬たちは乾杯した。

ちいさくグラスが鳴った。

しばし浪岡は黙ってグラスを呷(あお)った。

ハウスワインは軽めだがクセがなくて飲みやすかった。

ゆったりとしたモダンジャズのピアノトリオが流れている。

「河岸を変えたのを不思議に思いませんでしたか」

口を開いた浪岡が訊いてきた。

「いえ……でも、どうしてなんですか？」

「大宝寺グループの話をあの店でしたくなかったんですよ」

「なぜです？」

真冬にはわけがわからなかった。

「いえ、《男鹿路》には大宝寺グループの人間がよく何人かで飲みに来るんですよ」

平板な口調で浪岡は言った。

「そうだったんですか」

浪岡は静かにあごを引いた。

そのとき真冬は左耳の奥にかすかな痛みを感じた。

いったい浪岡はどんなことに苦しんでいるのだろうか。

だが、浪岡は表情を変えずに言葉を続けた。

「大宝寺家はもともとは若美地区の申川(さるかわ)という土地の旧家です。古くは若美の網元で船持ちでした。その頃は潟西村(かたにしむら)と呼ばれていたあたりです。男鹿市のなかではもっとも北東部に位置して日本海と八郎潟西部承水路に挟まれた地域です」

「ちょっとマップ見ていいですか」

「ああ、すみません。わかりにくいですよね」

真冬はスマホを取り出して男鹿周辺の地図を表示した。

八郎潟は干拓によってほとんどが埋め立てられているが、まわりにはぐるりと水路が残って船越で海とつながっている。この水路の西側の部分を八郎潟西部承水路というようだ。

「若美町の位置はよくわかりました」

「で、戦後、若美町内で産出する申川油田事業に出資して成功し財を蓄えました」

「油田って……男鹿で石油が出るんですか」

驚いて真冬は浪岡の顔を見た。

「秋田県の日本海沿いには申川や仁賀保をはじめとしていくつもの油田が存在します。一時期は秋田油田の生産量は新潟油田をしのいだほどなんですよ。で、一九五〇年代の終わり頃から始まった申川油田から僕の出身地の脇本の駅まではパイプラインも築かれていました。船川線で石油を運び出していたんです。二〇年ほど前からタンクローリーに置き換えられましたが、現在も毎日八五キロリットルが産出されています」

「ぜんぜん知りませんでした」

新潟油田の話は聞いたことがあったが、秋田でも石油は産出していたのだ。

そもそも国内の産油事情について、真冬はほとんど知らない。

「ずいぶん前に産油事業からは手を引いたみたいですが、大宝寺家は不動産事業を中核にホテル、飲食店、スーパー経営などに多額の出資をしています。《ホテル船川》も大宝寺グループが出資しているはずです。大宝寺家は男鹿の経済界にとって大変に大きな存在なのです。申川には大宝寺御殿と呼ばれる豪邸がありますが、事業拠点はすべてここ船川に移転されています」

「そうなんですか」

「網元で大きな農家に過ぎなかった大宝寺家をここまで大きくしたのは先々代の大宝寺義信(よしのぶ)という人物です。すでに昭和の終わり頃には病気で亡くなっています。二代目が昨年九月に七四歳で病死した大宝寺義安氏です。彼が大宝寺グループを産油事業から不動産事業に転換を図り、先代の事業をさらに成功させました」

「男鹿経済界の重鎮だった人物なんですね」

「まさにその通りです。事業に対しては大変厳しい姿勢で臨んだという話です。一方で金には汚かったとか……」

「汚いとはどういう意味ですか」

「損得勘定がしっかりしていて、自分に損をさせた部下や関係者には鬼のように酷薄な態度をとったと聞いています」

浪岡は顔をしかめた。

つきあいたくない人物だったことは間違いないようだ。

「でも、七四歳で亡くなるとはちょっと若いんじゃないんですか」

「結腸がんだったそうです」

「怖いですね」

「ええ、飛ぶ鳥を落とす勢いの大宝寺家の総帥も病には勝てなかったんですね。大酒飲みだったそうですから。酒で生命を落としたのだと言っている人が多いです。でも、別の意見もあります」

「どんな意見なんですか?」

「大宝寺義安氏は晩年『なまはげシー&エアライン』に多額の出資をしていました。この事業はご存じでしょうか」

「ええ、秋田市から男鹿温泉への新しい交通網を整備する計画で、昨年一一月に中止が発表されたものですよね」

「よく知っていますね」

「はい、男鹿市出身のある方に伺いました」

「で、この事業の頓挫により、義安氏は大損をしたのです。詳しい金額は知りませんが。少なくとも数億に達するレベルだと思います」

「準備事業に投資していたのですね」

「そういう話です。たとえば、『なまはげシー&エアライン』には北浦港の改修工事や戸賀湾にフローティングポートの建造など莫大な金が掛かります。国、県、男鹿市の協力なくしては不可能な事業です。だから、国や県、市あるいは各事業者との準備や交渉に相当の金を要するものだそうです」

「たしかに大きなプロジェクトですよね」

「『なまはげシー&エアライン』計画を成就させなければ、湯川リゾートの『なまはげ海のリゾート』計画も進まない。ある時点まで、県も男鹿市も各事業者も必死で取り組んでいたと思いますよ」

「男鹿半島の将来に関わる大事業ですからね」

真冬の言葉に浪岡はうなずいた。

「でも……」

浪岡は声を落として言葉を継いだ。

「あくまで噂に過ぎないんですけれど、『なまはげシー&エアライン』はそもそも実現困難な事業だったという話があります」

「そうなんですか……」

「ジェットフォイルは手に入れるのが難しい船なんですよ。川崎重工しか造れない上に特殊な船なのでコストが高いのです。二五年間も建造が止まっていたくらいです。先月、東海汽船が東京と伊豆諸島間の航路に投入した《セブンアイランド結(ゆい)》の建造費はなんと五一億円でした。技術が継承されたことに喜びの声が上がっています。でも、東海汽船は単独では負担できず、この計画も難航しました。東京都がジェットフォイルの有用性を認め、建造費の四五%を負担したのです。そうでなければ、この技術自体の存続が危ぶまれていました。東海汽船も二隻目を建造する計画はないそうです。もし男鹿でジェットフォイルを運用するとなれば、中古船を購入するしかないでしょう。ですが、どの船も老朽化が進んでいるため、いい船が品薄だそうです」

真冬は学生時代に竹芝桟橋からジェットフォイルで式根島(しきねじま)に渡ったことがある。まったく揺れず、二時間二〇分のとても快適な船旅だった。だがそんなに建造が難しいとはつゆ知らなかった。

「さらに水陸両用機もそうです。広島県尾道市の《せとうちSEAPLANES》が水陸両用機による遊覧飛行を行っています。二〇一六年に始まった事業は、国内の水陸両用機の営業運行は五〇年ぶりでした。もし、男鹿で水陸両用機を飛ばすとしたら、この企業に協力を要請するのがいちばんなのですが、この事業も昨今では思わしくないと聞いています。男鹿に乗り出す体力はないのではないでしょうか」

「つまり、海も空も……」

「絵に描いた餅だったという人もいます」

「そうだったんですか……」

真冬は言葉を失った。

「そんなわけで『なまはげシー&エアライン』事業は、ずいぶん前から先行きを危ぶまれていたようですが、大宝寺義安氏の他界をきっかけに中止が決定したというわけです。これは義安氏の遺言だったという噂も流れています」

浪岡は声を落とした。

「それで義安さんが亡くなって二ヶ月で中止の発表があったのですね」

「はい、大宝寺グループを継承した三代目が中止に向けて動いたそうです」

「三代目はどなたなんですか?」

「大宝寺義隆（よしたか）という人物で義安氏の長男です」

浪岡は言葉少なに答えた。

「どんな人物かご存じですか？」

畳みかけるように真冬は訊いた。

「いえ、僕は知りません。人前には滅多（めった）に姿を現さないと聞いています」

浪岡は首を横に振った。

「大宝寺グループや『なまはげシー＆エアライン』事業について詳しく教えて頂きありがとうございました」

真冬は浪岡のグラスにワインを注いだ。

「噂話はもうひとつあるのです……」

真剣な顔で浪岡は言った。

「もうひとつ……」

真冬は浪岡の顔を見て言葉をなぞった。

「はい、『なまはげシー＆エアライン』事業を最初に先代の大宝寺義安氏に吹き込んだのは……」

浪岡は息を吸い込んで言葉を継いだ。

「清水政司さんだという噂を聞いていています」

真冬の顔を見て浪岡はゆっくりと告げた。

「えーっ！」

真冬は大きな声を出してしまった。

浪岡は唇に人差し指を当てた。

「すみません」

真冬はあわてて頭を下げた。

「でも、浪岡さんは本当にお詳しいですね」

驚きの情報量だ。

「なまはげシー&エアライン計画」について、浪岡は和美よりもはるかに詳しいことを知っていた。

なにより、清水政司が大宝寺グループとつながりがあるという点は大きい。

調査の方向性がぐっと狭まってくる。

捜査資料には清水政司と大宝寺家のつながりについては記載がなかった。当然のことながら、大宝寺家の来歴についてもなにも報告されていない。

捜査本部が摑んでいても記載されなかった情報もあるかもしれない。さらに捜査本部から和美に告げられていない内容もあるだろう。

浪岡は大宝寺グループに対してよい感情を持っていないこともはっきりわかった。

「いや、船川で飲み歩いていると、いろんな噂が耳に入るんです。で、ネットやなにかで調べていたらいつの間にか詳しくなってしまっただけですよ」

浪岡はうっすらと頬を染めた。

「とてもありがたいです」

「僕から聞いた話というのは黙っていてくださいね」

手を合わせて浪岡は頼んだ。

「あたりまえです。取材源の秘匿はわたしたちがなによりも守らなければいけないことです」

真冬はきっぱりと言い切った。

が、状況によっては浪岡の名前も出さねばならぬ場合もあり得る。

いまの言葉が嘘になるかもしれないと思うと、真冬のこころは痛んだ。

「そろそろ帰りましょうか」

「はい、なんだか頭がくるくるしてきました」

実際に飲み過ぎたようだ。

まだ、一〇時にならないが、ホテルへ帰ったらシャワーを浴びてすぐ寝たい。

浪岡に送ってもらって真冬はホテルに戻った。

フロントには誰もおらず、カウンターの上にキーが置いてあった。

不用心だが、それだけ治安のよい街なのだろう。

五階へ上がって部屋に戻ると、さらに酔いがまわってきた。

だが、明智審議官への報告はなんとしても頑張らなければならない。

真冬は部屋の冷蔵庫からスポーツドリンクを取り出して一挙に半分くらい飲んだ。

少しは心臓が落ち着いたような気がした。

真冬はノートPCを起ち上げ、審議官へのメールを一所懸命に書き始めた。

殺された清水政司は男鹿温泉郷を根拠地としながら船川で何人かの人間と接触していた可能性があること、男鹿経済界の重鎮、大宝寺義安と関わりがあったこと、晩年の義安が多額の出資をしていた『なまはげシー&エアライン』事業は実現性が危ぶまれる側面があったこと。このあたりをコンパクトにまとめて送信した。

明日の朝くらいに返事があればいいと思っていたら、案に相違してすぐに返信メールが来た。

――収集した情報についてこちらで調査を進める。引き続き清水政司の周辺、男鹿市内の状況についても調査するように。

またも素っ気ない文面だったが、明智審議官は今夜の情報に価値があると判断したようだ。真冬はちょっと嬉しかった。

今夜の『男鹿路』の素晴らしい料理を今川に送りつける余裕はなかった。

部屋着に着替えた真冬はベッドに潜り込んだ。

（そう言えば、浪岡さんにナマハゲのことを訊くのすっかり忘れていたな……）

そんなことを考えているうちにいつの間にか寝入っていた。

第四章　寒風

1

翌朝、小鳥の鳴き声で真冬は目を覚ました。
時計を見ると、六時をまわっている。
「よく寝たじー」
ベッドから下りると、真冬は大きくのびをした。
深酒したが、アルコールはすっかり抜けている。
八時間以上ぐっすり眠ったので、気分は爽快だった。
昨日、浪岡から聞いた話をすぐにも和美に伝えたかった。
だが、せめて七時まで待とうと真冬は考えた。

なにはともあれシャワーを浴びなければならない。

シャワーのあたたかさで全身に元気が蘇ってきた。

部屋の備品の電気ポットでお湯を沸かし、置いてあったコーヒーパックを入れたカップに注いだ。

ベッドを整え直し、窓を開けて部屋の空気を入れ換えた。

着替えをして化粧を済ませると、ようやくまともな格好に戻れた。

コーヒーを飲みながら、昨日の話を真冬は持参しているノートＰＣにきっちり記録した。

そうこうしているうちに、七時になった。

「もう起きてるよね」

ひとり言を口にしながら真冬はスマホをタップした。

「おはようございます。進藤です」

元気いっぱいの和美の声が返ってきた。

「朝倉です。おはようございます」

「昨日はお疲れさまでした」

「こちらこそありがとうございました。朝イチからごめんなさい。ぜひ聞いて頂きたいことがあるんです」

「とっくに起きてましたから大丈夫ですよ」

「実は昨夜聞いた話なんですが、被害者の清水政司さん、大宝寺グループと関係があるみたいですよ」

「なんですって！」

和美の声が裏返った。

「詳しいことをお話ししたいんですけど」

「いまからホテルに伺います」

気負った声で和美は言った。

「そうですか。じゃあ五〇二号室に来てください」

「一〇分以内に参ります」

弾んだ声で和美は電話を切った。

言葉通り、八分後にドアチャイムが鳴った。

真冬がドアを開けると、ブラックスーツにきちんと化粧した和美が立っていた。

「大変な情報をゲットしましたね」

息せき切って和美は言った。

「とにかく、入ってください」

真冬の言葉にうなずいて和美は部屋に入ってきた。

「いまお茶淹れますね」

真冬の言葉に和美は緑茶のペットボトルを二本置いた。

「船川署の自販機で買ってきました」

「ああ、お気遣いすみません」

真冬は和美を座らせてから対面に自分も座った。

「実は進藤さんと会う前になまはげ館で、この船川在住の浪岡顕人さんという方と知り合いました。昨夜、お誘い頂いて市内の料理屋さんで夕飯をご一緒して近くのバーで飲んだんです」

「どんな方なんですか？」

「脇本地区のご出身で東北大学大学院の学生さんです」

「なんだか優秀な人なんですね……あ、朝倉さんもか」

和美は楽しそうに笑った。

「わたしは優秀なんかじゃないです。ともかく、その浪岡さんから得た情報です」

真冬は昨夜浪岡から聞いた話を詳しく説明した。

聞いている間の和美の目は怖いほどに鋭かった。

話が終わると、和美は頬を興奮で赤らめて叫んだ。

「それ大ヒットじゃないですか！」

「どうやら捜査本部の不可解な動きは、ここに原因があるようですね」

真冬は静かに言った。

「そうとしか思えないです。清水政司さんと大宝寺グループのつながりを解明されたくないんで、男鹿市内の捜査をなおざりにしていたんだと思います」

「そのために、捜査の方向を秋田市へ向けていたんですね……この情報の取り扱いには注意が必要かと思います」

真冬は和美の目を見て言った。

「うかつに報告すると、幹部たちによって握りつぶされる恐れがありますね。いったい誰が捜査本部をおかしな方向へコントロールしているのか、わたしにはまだ見えてきません。しばらくは本部にはなにも告げずにいたいと思います」

真剣な顔で和美は答えた。

「これからどう動くおつもりですか」

「大宝寺グループに怪しい動きはなかったか、市内で聞き込みをしたいと思います」

「上には聞き込みの成果をどのように伝えますか？」

心配になって真冬は尋ねた。

「わたしいま一人で動けるんですよ。田中のあとの相方がまだ着任していないんです。なので、上には黙ったまま聞き込みをしたいと思います。今日も現場付近の聞き込みという名目で出てきました」

淡々とした口調で和美は答えた。

いろいろな困難が予想されるが、和美ならなんとかこなしてゆくだろう。

それよりも真冬が彼女と一緒に事件の解明に成功すればよいのだ。

聞き覚えのない着信音が鳴り響いた。

「そう、本当？　わかった。いま駅の近くにいるけど直行する」

和美の顔に緊張感が見える。

「なにか起きたんですか？」

真冬は急き立てるように訊いた。

「三ノ目潟で不自然死している女性の遺体を釣り客が発見して、一一〇番通報したという連絡が入りました」

表情をほとんど動かさず冷静な口調で和美は言った。

「事件性はあるんでしょうか」

事故か自殺か。不自然死といっても殺人事件とは限らない。

「まだわかりません。現場には北浦駐在所の駐在所員が急行しているそうです。ただ、ホトケの住所氏名はわかっています。運転免許証を身につけていたのです。男鹿市船川港船川〇〇〇番地、昭和五六年五月一一日生まれの黒沢優花さん……」

そこまで聞いて真冬はのけぞってその場に倒れそうになった。

「えーっ！」

叫んだあとで、真冬はなんとか体勢を立て直した。

けげんな顔で和美は訊いた。

「どうかしましたか？」

途切れがちの声で真冬は伝えた。

「あの……亡くなった方……昨夜、ご飯食べに行ったお店のご主人なんです」

さすがに和美も驚きの声を上げた。

「本当ですか！」

かすれた声で真冬は言った。

「八時近くにお店を出たときには元気だったのに……」

「八時近くまでは存命が確認できますね。わたしクルマで来てるんで、これから現場へ急行します」

厳しい顔で和美は言った。

「もしご迷惑でなければ、わたしも現場へ行ってみたいんですけど……」

昨夜だけの関わりではあったが、優花の作った料理は忘れられない。

好感を抱いていた相手だけに、その死が自分と無関係には思えなかった。

しかも、あの店もまた大宝寺グループ系列だ。

「かまいませんけど、規制線のなかにはお入れすることができません。身分を名乗って頂けない限りは……」

とまどいがちに和美は答えた。

現場には所轄の刑事課から何名かが駆けつけるだろう。少なくとも鑑識は来るはずだ。

確定的な情報をなにひとつ摑めていない現時点で、身分を名乗るのは得策ではない。

「規制線の外でかまいません。連れていってください」

真冬は手を合わせて頼んだ。

「わかりました。このまま出ますけどいいですか？」

和美は明るくほほえんだ。

「大丈夫です。出発ですね」

真冬はデイパックを背負い、そのまま部屋を後にした。

フロントには誰もいなかったので、カウンターにキーを置いて建物から出た。

駐車場の端に銀色の小型セダンが停まっていた。

真冬が見たことのない車種だが、スズキのエンブレムがつけられている。

「捜一の覆面です。なかなか借りられないんだけど、男鹿じゃクルマがないと動きが取れないんで、まずは一週間、無理をいって確保しました」

和美がドアを解錠したので、真冬は助手席に乗り込んだ。

「さぁ、参りますよ。サイレン鳴らしていきます」

威勢よく言って和美は覆面パトのルーフに赤色回転灯を設置した。

サイレンとともに覆面パトは勢いよく車道へと飛び出していった。

「え？　反対に行くんですか？」

「はい、西海岸沿いを行く《おが潮風街道》はもちろん遠回りです。いったん羽立と言うところに出て国道一〇一号で船川地区内の仁井山というところに向かいます。そこからなまはげラインと県道一二一号、五九号と辿って戸賀のＧＡＯを目指します。

約二五キロです。緊急走行しますから三〇分掛かりませんよ」

　スマホのマップで真冬は経路を確認して納得できた。昨日、なまはげ館に自分で運転していったときには、男鹿駅付近から闇雲(やみくも)に市道を北上してなまはげラインに入ったのだ。そこから先は昨日と同じ経路らしい。

「あのー、三ノ目潟に行くんですよね」

　真冬は気がかりなことを口にした。

「昨日はごめんなさい。わたしの足ごしらえが悪くて……」

　和美は恐縮したように言った。

「そんなことはいいんです。幸か不幸か三ノ目潟に行けることになりましたし……でも、進藤さん今日もパンプスですよね」

　アクセルを軽やかに踏んでいる足は紺色のパンプスを履いている。

「あはは、昨日の反省から今日はトランクに長靴入れてきました。山道ぜんぜんＯＫですよ」

　かるく笑って和美はアクセルを踏み込んだ。

2

見覚えのある万体仏や真山神社への分岐を過ぎ、八望台と戸賀湾を抜けるとＧＡＯが見えてきた。

和美は昨日と同じように戸賀湾展望公園へ坂を上ってゆき、さらに上の広場まで乗り入れた。

三ノ目潟入口のゲートの横に、小型のパトカーが一台だけ駐まっていた。

駐在所員のものに違いない。

その横に和美は覆面パトを停めた。

「この覆面パトはスズキ・キザシっていう四駆なんで、ここから入っていけるんです。だけど、余計な轍（わだち）をつけると、鑑識さんに叱られるんで……」

言い訳するように和美は言った。

「歩くのぜんぜん平気ですから」

一〇分程度の山道はなんということはない。

「ちょっと待ってくださいね」

トランクから出してきた色気のない黒いゴム長靴に履き替えた和美は、その場で二、三歩足踏みした。

パンツスーツとあまりにも不釣り合いだが、美女が履くとそのアンバランスがかわいく見えるから不思議だ。

ゲートのステンレス支柱に昨日は張ってあったチェーンが見当たらない。

「チェーンが張ってないですね」

「切られていますね……」

和美が指さした右側の支柱の下にチェーンがぐちゃっと固まっていた。

「ほんとだ」

「おそらくホトケさん……えーと黒沢さんが切ったんでしょう。ここからクルマを乗り入れたんですよ」

「チェーンなんて切れるんですか」

「ボトルクリッパを持ってれば簡単な話です。ホームセンターで二〇〇〇円くらいで売ってますよ。ただし力は要りますけどね」

和美はゲートのなかへと足を踏み入れた。

意外と幅の広い道で、クルマでもじゅうぶん通行できる幅員があった。

しばらくは簡易舗装の道が続き、やがて砂利道となった。

さらに進むと舗装していない草が生えた道となって、草が密生する状態に変わった。

その道の終端部分に、ライトブルーメタリックの軽ワゴン車が前方向に頭を向けて駐まっていた。ナンバーは秋田だった。

「このワゴン、きっと黒沢さんのクルマでしょうね」

和美の言うことは正しいだろう。

ワゴンの左側に「三ノ目潟→」という看板が出ていた。

その場所からは林のなかの細道をしばらく下りた。

いきなり目の前にエメラルドグリーンの湖面が現れた。

素晴らしい透明度だ。

湖畔に下りられるところのすぐそばに三人の男性が立っている。

ひとりは制服警官、ふたりは格好からして釣り人だろう。

三人の後ろには近くの林から切ってきたような枝が四本、湖畔の白茶色の土の上に立てられて規制線テープが張ってある。

「優花さん……」

規制線の結界の中央には仰向けに倒れている女性の姿が見えた。もっと近づかないとはっきりしないが、優花なのだろう。

「おいおい、ここは入って来ちゃダメだよ」

地元らしいイントネーションの声が聞こえ、制服警官が近づいて来た。

五〇歳くらいか、地域課の活動服を着て略帽をかぶっている。

胸の階級章を見ると巡査部長だ。入口に駐めてあったパトカーの主の駐在所員に違いない。

「捜査一課の進藤です。ご苦労さま」

和美は警察手帳を提示しながら名乗った。

「あ、ご苦労さまです。北浦駐在の大里です」

大里は背筋を伸ばして挙手の礼をした。

「船川署にいるんで、いち早く駆けつけられたんだけど、ほかには誰も来てませんね」

決まり切っていることをあえて和美は訊いた。

「はい、わたし以外では進藤さんが初めてです。あの……そちらは？」

けげんな顔で大里は訊いた。

「こちらは報道関係者です」

さっと和美が答えた。

「朝倉と申します」

真冬は適当な社名を名乗ろうかと思ったが、大里に問われてからにしようと思って留まった。

「ご苦労さまです。規制線の中には入らないでください」

だが、大里は社名については訊いてこなかった。

「承知しております」

真冬は笑顔で答えた。

結界は三メートルと四メートルくらいの長方形の空間だ。

ゆるい規制線で助かった。まわりになにもない空間ではこうするしかなかったのかもしれない。

「あの……ホトケさんのそばにこんなものが落ちていたんですが。重しに石が置いてありました」

大里は手袋をはめた手でB5判くらいの白い罫紙を差し出した。

さっと白手袋をはめて和美は罫紙を受け取った。

和美の手で開かれた罫紙を真冬はこっそり盗み見た。

——わたしが犯した過ちをきちんと償います　黒沢優花

真冬の胸はどくんと収縮した。
これを見る限り遺書としか思えない。
「自殺で間違いないんじゃないでしょうか」
大里の言葉に和美は答えなかった。
真冬は遺書を頭のなかに刻み込んだ。
「ホトケを見せてもらうわね」
和美は規制線の外から死体を検分し始めた。
鑑識が来るまではこうするしかないのだろう。
真冬は女性の顔にゆっくりと視線を移した。
(優花さん……)
血の気がなく、ひとめで死者とわかる容貌だった。
多少の面変わりはしているが、間違いなく黒沢優花だった。
昨日とは違って白いスウェットの上下を身につけていて、ライトブルーのスニーカーを履いていた。

唇が少し開いてほほえんでいるかのように見える。

急に胸の奥になんとも言えない悲しみが込み上がってきた。


――朝倉さんに喜んで頂けてすごく幸せでした

最後に聞いた言葉と淋しそうな笑顔が蘇った。

「どうやら服毒自殺らしいです。かたわらに薬瓶があります」

大里が言うように、優花の遺体の右手の近くに中身が少し残っている薬瓶が放置されていた。

「詳しいことは鑑識と検視官が来てからです」

厳しい調子で和美は言った。

「ところで、そちらのおふたりは第一発見者ですか?」

和美は釣り人らしき男たちに近寄っていった。

ひとりはキャップ帽の下の髪にも白いものが目立っている四〇代くらいの痩せた男である。

もうひとりはキャップ帽の下には髪がなさそうな五〇代くらいの太った男だ。

「はい、そうです」

「まさかこんなことに出っくわすなんて」

ふたりは口々に驚きの声を出した。

イントネーションからすると、彼らも地元民のようである。

そろってポロシャツの上にフィッシングベストを着ている。

「お名前を伺いたいのですが」

和美は手帳を取り出すと、ふたりを交互に見て口を開いた。

「川尻（かわじり）です」

若いほうの男が緊張した声で答えた。

「松橋（まつはし）と言います」

年上の男はのんびりとした声で答えた。

「すみません。ここにお名前と連絡先を書いてください」

和美が手帳とペンを差し出すと、ふたりは次々にペンをとった。

「発見したときの状況を教えてください」

続けて和美は質問に入った。

「いや、僕ら潟上市の者で会社が一緒なんです。今日は仕事が休みなんですよ。ふたりともふだんは一ノ目潟で釣りしてるんですけど、今日はちょっと趣向を変えてみようとここに来たんです。何が釣れるのかわからないけど、フナくらいいるんじゃないかってね。仕掛けはいくつか持って来たんですけど……」

川尻が目を瞬（しばたた）かせながら言った。刑事からものを訊かれれば誰しも緊張する。

「ここに到着したのは何時頃でしたか？」

和美は鋭い目で問いを重ねた。

「だいたい六時半過ぎくらいかな」

川尻は首を傾げながら答えた。

「そんなもんだろう。五時半に潟上を出てきたから……」

松橋がうなずいた。

「で、山道から下りてくると、ここに誰かが倒れてるわけですよ。そりゃあ驚きましたよ」

川尻は肩をすぼめた。

「あんた、叫び声上げてたな」

「課長もでしょ」

「まぁな……」

松橋は照れ笑いを浮かべた。

どうやらふたりは職場の上司と部下らしい。

「見たら、きれいな姉ちゃんじゃないですか。でも、声かけても反応ないんです。それに真っ青なんでダメだと思いましたね」

「おまえ、ほっぺたとか触ってただろ」

「生きてるかどうか確かめてたんですよ。そしたら冷たくて死んでるってはっきりわかって……」

川尻は声を落とした。

「それで一一〇番通報してくださったのですね」

和美は問いを重ねた。

「泡食って電話しました。ここＧＡＯが近いから、森の奥なのにアンテナ三本立ちますからね」

川尻は自分のスマホを掲げて見せた。

「通報時刻は六時三七分です」

大里駐在が言葉を添えた。

「まわりには不審者らしき者などはいなかったんですね」

和美は次の質問をした。

「ええ。ここ、湖畔がぐるりと見渡せますよね。どこにも誰もいませんでした」

「えらい静かだったなぁ。鳥の声だけはうるさいほどだったけど」

ふたりとも答えは同じだった。

それからしばらくして、遊歩道の出口から数人の男たちが姿を現した。

青い鑑識活動服を着た鑑識課員が三名と白いワイシャツ姿の男がふたりである。

五人はぞろぞろと真冬たちのいるほうに歩み寄ってくる。

「ご苦労さま」

和美は男たちに向かって鷹揚な感じで声を掛けた。

「あ、進藤主任、早いですね」

白ワイシャツのいちばん年かさの男が答えると、全員が和美に一礼した。

「ああ、赤尾さんが担当なのね。うん、わたしは出先だったから」

和美はさらりと答えた。

「いや、出勤したらすぐこれですからね。男鹿じゃ滅多にないことなのに」

赤尾と呼ばれた刑事は苦笑すると、真冬へ視線を向けてきた。

「あんた誰？」

真冬の顔を赤尾はまじまじと見て訊いた。

「わたしの知り合いの記者さん。別件でたまたま一緒にいたのよ」

すかさず和美が助け船を出してくれた。

「あーあ、そうですか」

いくぶん不審な表情を残しつつも、赤尾はそれきり黙った。

「第一発見者の川尻さんと松橋さんからはいちおう事情を聞いたんだけど」

和美はすぐに話題をそらした。

「わたしからも聞いてみますよ」

赤尾は即答した。自分の担当だという意識がつよいようだ。

「ところで遺書と思しき書き置きがあったの」

和美は罫紙を赤尾に渡した。

「ほう、自殺ですかね」

罫紙を覗き込んだ赤尾はホッとしたような声を出した。

自殺ならば、強行犯係の仕事は終わる。

「まだわかりません」

考え深げな顔で和美は答えた。

「ま、そうですな」

あいまいな顔で赤尾は笑った。

「さて、発見者さんたち、ちょっとあっちに行きましょうか」

赤尾は川尻たちを五メートルくらい離れた場所に引っ張っていって聞き込みを始めた。

真冬はいままであまり見たことのない現場鑑識作業を興味深く見つめていた。

彼らは遺体に顔を近づけて観察し、写真とメモをとっている。

手分けして地面を観察したり、巻き尺で計測したり、バッテリー式の小型掃除機のようなもので微物を吸引したり、足痕を確認したりしている。さらに英数字の記された鑑識標識を置いて写真を撮り直す者もいた。

「進藤主任、これ検視官を呼んだ方がいいですね」

浅黒い四角い顔のベテラン鑑識課員らしい男が和美に言った。

「他殺の疑いがあるの？」

和美は眉間にしわを寄せて訊いた。

「いえ、他殺と断定する根拠はないんですよ。遺体に致命傷となりそうな外傷はありません。薬物による中毒死だと思いますね。もちろん自殺かもしれない。でも、左右の掌に細かい傷が残っているんですよ。抵抗痕の可能性があるんで……」

鑑識課員は慎重な言葉を選んで答えた。もし優花が誰かに襲われたとすれば相手を振りほどこうとするときに細かい傷ができることがある。

「本当？」

和美の声がいくぶんこわばった。

「いや、断定はできません。それほどはっきりしたもんじゃないんです。それから死後硬直の状態や体温から見て、死亡推定時刻は夜明け頃だと思います。午前四時前後一時間ってとこでしょう」

「ありがとう。ちょっと連絡する」

和美はスマホを取り出した。

「お疲れさまです。進藤です。現着して遺体と現場の観察をし、第一発見者の事情聴取を終えました……」

和美は上司らしき相手にいままでの状況について詳しい報告をしている。

「……ということですので、検視官の派遣をお願いします。はい、現場は赤尾さんたちにまかせてわたしは帰ります」

電話を切った和美は、赤尾に声を掛けた。

「赤尾さん、第一発見者のおふたりにはお帰り頂いていいです」

「了解です。あんたら帰っていいよ」

赤尾が言うと、川尻と松橋のふたりはそそくさと現場を離れ、森の向こうへと消えていった。

「じゃあ、あとはお願いします。あっちの捜査に戻ります」

和美が所轄署員たちに声を掛けると「お疲れさまです」という答えがあちこちから帰ってきた。

「朝倉さん、行きましょうか」

「はい……行きましょう」

真冬たちも現場を離れることにした。

最後に真冬は優花の亡骸(なきがら)に向き直って合掌した。

背後には三ノ目潟の湖面がひろがっている。

遠くではエメラルドグリーンの湖水は、白茶色の岸辺近くでは驚くほどの透明度をもっていた。いつからあるものか水中には何本かの倒木が、水がないもののようにはっきりと見えている。風が吹くと湖面にはちいさなさざ波が生まれ、ダイヤモンドのような輝きを作る。

こんなに美しい場所で、優花はなぜ死ななければいけなかったのか。

真冬のこころは痛んだ。

隣を見ると、和美も優花に向かって手を合わせていた。

黙ってふたりは湖畔を離れた。

クルマへ戻るために森のなかを歩いていると、和美の着信音が鳴った。

「はい、進藤です。あ、どうも！　なにかわかりましたか」

電話をとった和美は弾んだ声を出した。

「ええ、いまからすぐに伺います。どうぞよろしくお願いします」

和美は電話を切ると真冬に向き直った。

「あの真山の小野さんのおじいちゃん、事件の夜に見たナマハゲ面に似たものを見つけたそうです」

「本当ですか！」

真冬の声が森に響いた。

「これから伺おうと思っているんですけど、ご一緒頂けますすか」

「もちろんです」

真冬はつよくあごを引いた。

3

小野老人は真山の家の玄関で待っていてくれた。

「おはようございます。ご連絡ありがとうございます」

和美は陽気な声であいさつし、真冬はちいさく頭を下げた。

「ああ、おはようさん」

白いＴシャツにスウェット姿の小野は玄関の床板にどかっとあぐらを搔いていた。

真冬たちはタタキに並んで立っている。

「まんずこれさ見てけろ」

小野はＡ４判の一枚の紙を差し出した。

「はい……」

かがみ込んだ和美は紙を受け取ると真冬にも見えるようにひろげた。

「これは……」

真冬は食い入るようにその紙に見入った。

「うーん」

和美は低いうなり声を上げている。

小野が差し出したのは和紙に描かれた一枚の絵をプリントしたものだった。

おそらくはインターネットからダウンロードした画像だろう。

しめ縄が下がった民家の戸口が舞台だ。

表にはふたりの異形の者が立っている。右側は赤いナマハゲらしい顔立ち、左側の灰色の面はそうは見えない。ヒョットコに似ている。

戸口にはこの家の主婦らしき頰っ被りをした女性が平たいザルにふたつの餅らしきものを捧げている。ムシロが敷き詰められた部屋の右側に衝立てが立てられていて、その陰にはふたりの子どもとひとりの赤子が身を隠している。どこかのほほんと明るく、ちょっとユーモラスなムードの漂う絵だった。

少なくとも明治大正以前に描かれたと思われるが、美しい色が鮮やかに残っている。上のほうには「正月十五日の夜遅く」から始まる説明文が細い墨跡で記されている。残念ながら真冬にはそれ以上は読み取れなかった。

「この右のナマハゲにそっくりだったぁ」

歯が欠けた口を大きく開けて小野は笑った。

真冬は右の面に見入った。

赤い顔をして白っぽい角を二本生やしている。特徴的なのは口もとだった。

恐ろしい形相をしている多くのナマハゲ面とは異なり、口角がやや上がってほほえんでいるように見える。さらに口の下には白いヒゲらしきものを生やしていた。

ふたりともケデなのか、黒い蓑のようなものをまとっている。

「この赤いナマハゲ面に似ていたのですね」

和美が念を押すと、小野は何回もうなずいた。

「んだよ。ちゃんと思い出した。こんな風に笑ってる顔だった」

小野は得意げに声を張った。

「どうやって調べたんですか」

和美は興味深そうに尋ねた。

「うちの道夫(みちお)が……いちばん下の孫で船川の海洋高校さ行ってるんだども、夏休みで暇なんで調べてくれたんだ。インターネットに出てる絵さいっぺえ見せでくれてよ。そしたら、はぁ、この絵が何枚も出てた」

楽しそうに小野は笑った。

「そうですか、お孫さんが」

「いまは出かけてるけんどな、俺と違ってまじめで出来がいいんだ」

小野は誇らしげに言った。

祖父の求めに応じてネットを調べてくれる孫はよい青年だろう。

孫とのふれあいはこの老人にとってもよい時間だったに違いない。

「この絵が載っていたサイトはわかりますか」

和美の問いに小野は別のプリントアウト用紙を差し出した。

「これ、道夫があねっこに渡してけれって」

そこにはいくつかのサイトのＵＲＬが並んでいた。

「二枚とも頂いてっていいですか？」

「ああ、あんたのために用意したんだ」

「ありがとうございます。大変に助かりました。また、なにか伺いに上がるかもしれません」

和美が丁重に頭を下げたので、真冬もこれに倣った。

覆面パトに戻ってふたりは、ナマハゲの絵を覗き込んだ。

「大収穫ですね！」

真冬は素直な喜びの声を上げた。

「そう……この絵に似ているナマハゲ面が見つかれば捜査は一挙に進むんですけどね」

和美の答えはそれほど弾んではいなかった。

たしかにこの絵だけから犯人にたどり着くのは困難かもしれない。

だが、真冬は期待していた。もともと真冬は楽天的な性格なのだ。

「とりあえずクルマ出しますね」

和美はイグニッションキーをまわし、真山神社とは反対の方向へ走り出した。

「ちょっと調べてみますね」

真冬は小野の孫、道夫が調べたURLを次々に閲覧した。

いくつかのサイトにこのナマハゲの絵が出ていた。

「これ、菅江真澄の『牡鹿の寒かぜ』に出てくる絵ですって！」

出典がはっきりした。そのサイトには画像の下に「秋田県立博物館蔵」とのキャプションが載っていた。

「そうかなとは思ってはいたんですが」

横顔で和美はちいさくうなずいた。

「男鹿市野石宮沢という集落の絵らしいですよ」

ひとつのサイトにそう書いてあった。

「え……」

和美が絶句した。

「どうかしましたか」

「いえ、その住所って若美地区で申川のすぐ近くなんですよね」

「大宝寺御殿のある……」

「そうです。あまり関係ないかもしれませんけど、ちょっと気になるなって思って」

和美は思案顔で言った。

「わたし、この絵のことについて浪岡さんに訊いてみようと思います」

浪岡ならなにかを知っているに違いない。

そう言えば、『牡鹿の寒かぜ』についても聞きそびれていた。《男鹿路》では清水政司と大宝寺家のつながりを聞いたので、それどころではなかったのだ。

「ああ、専門家に訊けばなにかわかるかもしれませんね」

「ええ、彼ならなにかを知っているはずです」

「それじゃあいったん船川に戻りますね」

「お願いします」

覆面パトは船川を目指して走り始めた。

真冬はスマホを取り出して、浪岡の番号に電話を掛けた。

「朝倉さんですね。おはようございます」

すぐに明るい浪岡の声が返ってきた。

当然ながら、まだ、優花の死を知らないはずだ。会ったときには告げなければならないと思うと、重いものが真冬のこころをふさいだ。

だが、職務上の必要が出てきたからには、どうしても浪岡に会わなければならない。

「おはようございます、昨夜はありがとうございました」

「こちらこそごちそうさまでした」

やわらかい声で浪岡は礼を述べた。

「いまお忙しいでしょうか」

「今日は五里合地区にフィールドワークに来てるんですけど……」

浪岡はとまどったような声で答えた。

「ちょっとナマハゲのお話を伺いたいと思いまして」

しばし間があった。

「すみません、いまこちらの住民の方のお宅でお話を聞いているので、夕方までは時間が取れません」

「わかりました。では、五時頃にあらためてお電話します」

真冬はちょっとがっかりし、ちょっとホッとして電話を切った。

しばらくなまはげラインを快走して、なまはげ大橋を渡るあたりでいきなり和美が言った。

「あの、朝倉さん」

思い切ったような声だった。

「はい、なんでしょう」

「わたし、本丸を攻めてみようと思うんです」

決意のこもった声で和美は言った。

「本丸ですか……」

真冬には和美の言葉の意味がはっきりわからなかった。

「今朝、伺ったお話をずっと考えていたんです」

「被害者の清水さんと大宝寺グループの関係ですか?」

「ええ、そうです。どう考えても、清水さんの事件には大宝寺グループが関わっていると思います。揺さぶりを掛けたらなにか飛び出すに決まってます」

和美の言葉には自信がこもっていた。

「たとえ、犯人がはっきりしなくとも捜査本部の問題点を解明するなにかが浮かび上がる可能性はありますね」

真冬は和美の言葉は正しいと思った。

大宝寺グループが関わっている可能性はかなり高い。

「逆に清水さんの事件が、大宝寺グループと関わりがないのなら、事情を聞きに行ったところでなんの問題もないわけです。可能性を潰すのが刑事の仕事でもあります」

「たしかに……」

和美の言うとおりだ。

「鬼が出るか蛇が出るか……ナマハゲは出てこないかもしれませんけど」

気丈にも和美は声を立てて笑った。

「そんなことして捜査本部のほうは大丈夫なんですか？」

真冬は心配でならなかった。

比較的自由な自分と違って、県警本部長－刑事部長－捜査一課長－強行犯係長のヒエラルキーの下で和美は働いているのだ。

「ぜんぜん、大丈夫じゃありません。下手をすると処分でしょう」

和美は言葉とは裏腹に明るい声で答えた。

「でも、やるんですね」

「はい、まさかクビにはしないでしょう。捜査一課から山のなかの警察署に飛ばされるくらいです」

平然と和美はうそぶいた。

「それでもいいんですか？」

「自分の勘に従って正面から謎を追っていいと思っています。これは刑事としての使命です」

きっぱりと和美は言い切った。

和美は本当に女前の女だ。

真冬のこころにも熱い思いが湧き上がってきた。

「わたしもお供していいですか」

真冬はつよい口調で頼んだ。

揺さぶりを掛けるのに、これほど効果的な方法はないかもしれない。

このチャンスに引っ込んでいることはできない。

「え？　でも、ライターさんを連れて行くわけにはいきませんよ」

心配そうに和美は訊いた。

「わかってます。警察官としてお供します」

真冬ははっきり言った。

「それこそ大丈夫なんですか？」

心配そうに和美は訊いた。

「大丈夫ですよ。出先でのやり方は任されてますから」

「うらやましいです。では、決まりですね」

嬉しそうに和美は言った。

「アポとりますか？」

「いえ、大宝寺義隆は病気のせいで大宝寺御殿に引っ込んでいると聞いています。刑事の基本に従ってこれから若美地区の申川に直行します」

和美は力強く言ってアクセルを踏み込んだ。

彼女の故郷、安全寺は後ろに遠ざかっていった。

4

大宝寺御殿とはよく言ったものだ。

中川の集落を見下ろす高台に建つ大宝寺家は戦前の建築と思われる広壮な邸宅だった。

灰色の瓦屋根の和風建築と銅葺きの緑色の屋根を持つ洋館を組み合わせた折衷様式だった。建物を囲む大谷石と板を組み合わせた銅葺き屋根の塀も威圧感がある。はっきりはわからないが、かなりの敷地面積をもっているものと思われた。

門扉のインターホンで案内を得た真冬たちはあっさりと内部に入ることができた。

「こちらへお渡りくださいませ」

前に立つ和服姿の女性は家事使用人なのだろうか。

恭敬すぎる態度が義安の家族とは思われなかった。

通されたのは八畳ぐらいの意外とちいさい洋風の応接間だった。

だが、建物と同じく格天井を持った豪奢な雰囲気で、古い梨地窓にはゴブラン織のカーテンが下がっている。

真冬たちは丸い花梨材かなにかのテーブルを前に猫足の骨董品のような椅子に座った。

すぐに先ほどの女性が冷たい茶を、伊万里焼の茶碗に入れて持って来た。

白い縮織の浴衣に黒い兵児帯を締めた男がゆっくりと入って来て椅子に座った。

「警察の方か」

低い声に迫力がある。

彫りが深く、目鼻立ちがくっきりとしていて両目には冷ややかで鋭い光が宿っている。

白髪が目立つ顔の血色はあまりよくなく、見たところは六〇歳近くにも見える。

和美につられて真冬も立ち上がった。

「秋田県警本部刑事部捜査一課の進藤と申します」

背を伸ばし警察手帳を提示しながら和美は丁重に名乗った。

「警察庁の朝倉です」

真冬は手帳を提示してあっさりと名乗った。

「大宝寺義隆だ。まぁ、座りなさい」

傲然と名乗ってから、義隆は右手を椅子に差し伸べた。

「失礼します」

和美と真冬は続けて椅子に座った。

「まず最初に伺いたいのだが、おふたりは何の用でここに来たのだ」

義隆の目がギラリと光った。

「わたしは今年二月に男鹿市内真山地区で起きた殺人事件の捜査で参りました」

和美はきまじめな態度で答えた。

「そちらの方は？」

真冬に向ける視線も鋭かった。

「わたしは秋田県警刑事部の捜査に対して指導する職務で参りました」

あいまいに答えたが、義隆はかるくあごを引いた。

「まず進藤さんに訊きたい。殺人事件の捜査でなぜわたしのところに来たのだ」

義隆の声は不快そうに響いた。

「被害者は清水政司さんという秋田市在住の経営コンサルタントです。大宝寺さんが清水さんとお親しかったという話を聞きましたので、どのようなご関係だったかを伺おうと思って参りました。また、ほかにも清水さんと親しい方をご存じではないかと思いまして……」

和美の問いにも義隆の表情は変わらなかった。

「いや、わたしは知らない人物だ」

首を横に振って義隆は否定した。

「でも、大宝寺さんは『なまはげシー&エアライン』事業に出資していらっしゃったそうですね」

義隆の目が光った。

「大宝寺グループとしては出資していた」

だが、答えは実に素っ気ないものだった。

「当方の捜査では清水さんが『なまはげシー&エアライン』事業の推進に活躍していたことがわかっております。そこで大宝寺さんが清水さんとお知り合いだと思っていたのですが」

いささかつよい口調で和美は言った。

「あの事業に関心を持っていたのはわたしではない。父だ。父が亡くなって、わたしはあの事業計画の問題点を知ってすぐに中止を決めた。父も死ぬ間際にはあの事業をやめるようにとわたしに告げていたんだ」

負けずにつよい口調で義隆は答えた。

「中止の段階も含めて、大宝寺さんはあの事業には関わっていないのですね」

　和美は食い下がった。

「繰り返すが、わたしはその人物には会っていない」

　ちょっといらいらしたように義隆は答えた。

「清水政司さんとはまったく面識がないのですね」

　しつこく和美は念を押した。

「父は見知っていただろう。しかし、わたしには縁のない人物だ。顔も知らない。どうせ不動産ブローカーの類いだろう。興味はない」

　けんもほろろの態度で義隆は答えた。

　そのとき、この部屋に案内してくれた女性が顔を出した。

「豊島先生がお見えですが」

　女性は遠慮がちに言った。

「通ってもらってくれ」

「かしこまりました」

　女性が下がると、七〇代後半ぐらいの背広姿の男性が部屋に入ってきた。

「失礼します。調子はいかがですか」

髪が真っ白な男性は義隆の椅子に歩み寄った。

「とくに変わりはないですよ。こちらはお客さんだが、かまわずやってください」

義隆は平らかな調子で言った。

「ちょっとすまんね。わたしは糖尿病の具合がよくなくてね。三〇分後に食事をするので注射をしてもらっているんだ。血糖値も測らなければならん」

義隆は苦笑いした。

豊島医師は義隆の血圧を測ったり、脈をとったりしている。

続けて指先に電動消しゴムのような器具を押し当てた。

一瞬、義隆は顔をしかめた。

「痛いですか」

懸念げに豊島医師は尋ねた。

「いや、大丈夫だ……これは採血穿刺（せんし）器具と言ってね。指先を穿刺して微量の血液を採取しているのだ。痛くはないが、毎日だと嫌になるね」

義隆は真冬たちに言ってちいさく笑った。

豊島医師は血を採取した検査紙をキッチンタイマーのような機械にセットして数字を確認した。

「あまりいい数値ではありませんね」

顔を曇らせて豊島医師は告げた。

「そうか……酒も飲まずおとなしくしているのだがな」

義隆は低い声で言った。

その後、消毒薬で腕を消毒して注射を一本打った。

医療器具を片付け、廃棄物を用意したポリ袋に入れて豊島医師は告げた。

「明日もまた参ります」

「ああ、先生。頼みますよ」

義隆は頭を下げた。

「では、失礼致します」

一礼すると、豊島医師は部屋を出ていった。

女性が続いた。

「あの先生は秋田市の病院の内科部長だった。もう引退しているのだが、男鹿温泉に住んでいてね。温泉三昧で悠々自適なんだよ。まったくうらやましいよ。それでわたしを毎日診てくださっているんだ。二〇キロだからすぐに来られる」

義隆は低く笑った。

「主治医の先生なんですね」

和美が合いの手を入れるように言った。

「まぁ、そういうわけです。風邪を引いても安心ですよ。さて、なんの話でしたかな」

とぼけた顔で義隆は訊いた。

「清水政司さんをご存じないかというお話でした」

和美の声に力はなかった。

「その話はもう終わりだ」

義隆はぴしゃっと決めつけた。

「さて……ひとつ訊きたいのだが朝倉さんは、なんでこんなところにいるんだね？」

急に義隆は話を真冬に振ってきた。

「は……？」

真冬には義隆の質問の意味が摑めなかった。

「あなたは警察庁の方でしょう。殺人事件の捜査で聞き込みにくるような立場の人じゃあない。しかも階級は警視だ。男鹿船川署長と同格ではないですか。その若さで警視ということはキャリアしかあり得ない。警察官僚がこんな片田舎に何のご用ですか」

問い詰めるような調子だった。

義隆は警察内部の事情もある程度は知っているようだ。

「詳細は申しあげられませんが、警察庁として秋田県警の指導に入っております」

真冬はまたも大雑把な説明でごまかした。

「監察官が聞き込みに従いて来るというのも聞いたことはないな。自動車教習所の教官じゃあるまいし……。こちらの進藤警部補がハンドルを切り間違えたらブレーキを踏む役ですか」

義隆は低く笑ったが、あきらかに不審感を抱いている。

「ご迷惑をおかけします。進藤に随伴するのが現在の職務です」

仕方がないので適当な答えを返した。

「ふぅむ。いまの警察はよくわからんね。わたしは県警本部長とも親しいので。警察の話はいろいろ聞いているのだが、朝倉警視、あなたがどうしてここにいるのかはどう考えても、さっぱりわからん」

義隆は真冬の顔を見て首を傾げた。

真冬は黙っていた。

「まぁ、いいでしょう。あなたがわたしを逮捕することはないわけですからね」

義隆はのどの奥で笑った。

「大宝寺さん、繰り返しになって恐縮ですが、清水政司さんのことはお名前以外にはご存じないということですね」

この和美の問いは、話題を変えようとしたものだと真冬は感じた。

「いや、もうひとつ知ってるよ」

なぜか楽しそうに義隆は言った。

「え？　なんですか？」

和美は身を乗り出した。

「その人物は、今年のなまはげ柴灯まつりの日に真山の万体仏で殺されたということだ。さんざん報道されてたからね」

義隆はニヤニヤ笑った。どうやら暇つぶしに真冬たちをからかっているようだ。

「そのことですか……」

和美はムッとしたように黙った。

「進藤さんはよくご存じだろうが、この男鹿市で殺人事件など今世紀に入ってから聞いたことがない。一九九四年に五里合地区で強盗殺人事件が起きて以来ではないか。

もう、四半世紀近くも前のことだ。あの事件も未解決だったんじゃないのか」

皮肉な口調で義隆は訊いた。

真冬は知らない事件だった。

「はい、すでに二〇〇九年に時効が成立しております」

力なく和美は答えた。

「あの当時の報道でよく覚えているが、自宅の寝室で絞殺されたんだったな。顔や頭を鈍器で殴るという残虐な犯行だった。不審な足跡や、犯人が残したタバコの吸い殻も発見されていた。それどころか、犯行に用いられた白い紐も残っていたそうじゃないか。それでいながら秋田県警は犯人の目星すらつかなかったと聞いている」

いささか厳しい口調で義隆は言った。

「仰せの通りです」

「ま、今回も同じ轍(てつ)を踏まないように頑張りなさい。そうか、それで捜査を警察庁が監視しているのか。ふうん、ご苦労さまだね。しかし警視級をよこすとはね」

最後は独り言のように聞こえた。

「ほかになにかございますか」

和美の言葉はうつろに響いた。

「いや、もうなにもないよ」

のんきそうな声で義隆は答えた。

「わたしからも質問させてください」

ゆっくりと真冬は切り出した。

「なにかね？　あんたには捜査権はないはずだ」

義隆は不快そうに眉をひそめた。

「単なる参考質問です」

真冬は適当な言葉で繕（つくろ）った。

「清水政司さんと大宝寺開発の専務さんが《赤灯台》で飲んでいたという情報を得ています」

真冬はしっかりとした口調で訊いた。

「役員の行動などわたしは知らんよ」

とぼけたような声で義隆は答えた。

「たとえば『なまはげシー＆エアライン』の事業計画について、専務さんと話し合っていたなどということはありませんでしたか」

真冬は義隆の目を見て問いを発した。

「わたしの知らん話だと言っている」

いくぶんイライラした口調で義隆は答えた。

「でも、お父さんが亡くなってから、あなたが事業撤退をなさったのでしょう。その過程で清水さんとの接触はなかったのですか」

しつこく真冬は問いを重ねた。

「事業の撤退はわたしが決めた。だが、事後処理は役員や従業員に任せてある。清水などという男とは会ったこともない」

にべもない調子で義隆は答えた。

「そうなんですかね。だとしたら、経営者としてはどうかと思いますがね」

いくぶん皮肉交じりの口調で真冬は言った。

「なんだと。失礼なことを言うな」

義隆は眉間にしわを寄せた。

「だって、そうじゃないですか。何億もの投資をした事業の撤退を人任せにするなんて、わたしには考えられません」

「あんたに心配してもらう必要はない」

不愉快そうに義隆は言った。

「話は変わりますが、あなたは《ホテル船川》ほか、船川の町でたくさんの事業を展開しているそうですね」

真冬は話題を転じた。

「ああ、賃貸マンションなども所有している」

義隆はさらりと答えた。

「《男鹿路》という飲食店も大宝寺グループの経営なのではないですか。おたくの従業員がよく飲みに行くと聞いています」

優花の事件について真冬は尋ねることにした。

「うん、あの店も所有権はうちの会社にある」

調べられたらわかると思ったのか、義隆はあっさりと答えた。

そうだったのか。彼女はオーナーではなく、雇われママだったのだ。

「あの店のお女将さん、黒沢優花さんが今朝、亡くなったんですが、そのことをご存じですか」

畳みかけるように真冬は訊いた。

「船川のうちの事務所から連絡は受けている。警察が一報入れてきたんだ」

表情を変えずに義隆は答えた。

「他殺の疑いもあるんですが、犯人に心当たりはないですか」

真冬は義隆の目を覗き込むようにして訊いた。

一瞬、義隆の瞳が左右に細かく振幅した。

何らかの感情の動きを真冬は感じ取った。

「あるわけがなかろう。雇われママのことなどわたしは知らない」

だが、平らかな調子で義隆は答えた。

「本当にご存じないのですね」

真冬はしつこく念を押した。

「知らんな」

義隆の表情には変化がない。

「おたくのグループ内の店のお女将さんですよ」

さらに真冬は問い詰めた。

「そんな下のほうのことは関心がない」

平然と義隆はうそぶいた。

「あなたはすべての事業の金主に過ぎないというわけですね」

皮肉な口調で真冬は訊いた。

「そういうわけではない。グループ全体の基本方針はわたしが決めている」

重々しい口調で義隆は答えた。

「なるほどわかりました」

とりあえず旗を巻くことにしたが、義隆が優花の件にもなにかしらの関わりを持っているのではないかとの疑いを真冬は消し去れなかった。

「さぁ、もうわたしが答えることは何もない。わたしはそろそろ仕事に戻らなきゃならんのだ」

つよい口調で義隆は言った。

「わかりました。お時間を頂戴して恐縮です」

和美が立ち上がったので、真冬も続いた。

「待ちなさい」

いきなり義隆は呼び止めた。

「は?」

和美が不思議そうな声を出した。

「ふたりとも名刺くらい置いていきなさい」

命令口調だが、逆らうわけにもいかなかった。

真冬と和美は次々に名刺を差し出した。

義隆はふたりの名刺をテーブルの上に置いて代わる代わるに眺めた。

「長官官房とは驚くな……。ご苦労さま」

出てゆけという意思表示と感じた。

ふたりは応接間を後にした。例の女性が見送りに従いて来た。

5

覆面パトに戻ると、運転席に座った和美が口を開いた。

「やっぱりあの男はなにか知っていますね」

和美は真冬の顔を見て目を光らせた。

「どうしてそう思うのですか」

男鹿では滅多に起きない、ふたつの事件のいずれかに義隆はなんらかの関わりを持っている。

真冬もそんな感触を得ていた。

だが、根拠は希薄だ。真冬としては言葉にはしにくかった。

「根拠はありません。刑事としての直感です。揺さぶりを掛けたから、何か動きが出ますよ」

和美の声には期待がこもっていた。

「そうだといいんですけど」

真冬は警察組織とも親しそうなあの男の権力が心配だった。

県警本部長と親しいというのもこけおどしではないような気がする。

「下手をすると、明日から捜査を外されるかもしれませんけどね」

開き直ったように和美は言った。

「そんなことが起きたら、義隆がクロ決定じゃないですか」

すぐに大きな動きを見せないような気もしていた。

「それもそうですね……でも、その後を捜査するものがいなくなる……」

つぶやくように和美は言った。

「大丈夫。もし進藤さんに圧力が掛かったら、わたしが上司の力を借ります」

不当な圧力とは断固として戦わなければならない。

「よろしくお願いします」

和美は真剣な表情であごを引いた。

真冬たちは中川からまっすぐに船川に戻った。

「もうお昼だし、なにか食べていきましょうか」

船川の街中に入ったところで和美が提案した。

「いいですね、ぜひ！」

真冬は即答で賛成した。

それほど食欲はなかったが、あとで店を探すのも面倒だった。

せっかくだから和美と一緒の時間をもう少し引き延ばしたい気持ちもあった。

和美は《道の駅おが　なまはげの里オガーレ》の駐車場に車を乗り入れた。

併設されているレストランで真冬はメンチカツカレーを頼んだ。

海鮮料理がたくさん並んでいたが、優花のことを思い出して頼めなかった。

和美は夏限定メニューの男鹿産天然サザエ丼を頼んだ。

こんなところで気軽に男鹿産海鮮を使った料理が頼めるのはうらやましい。

メニューを見ると、男鹿産天然真鯛と紅ズワイガニとギバサの三色丼、ハタハタフライ丼、男鹿半島産北網(きたづな)がにチャーハンなどが並んでいる。ギバサというのはこの地でとれる海藻らしい。石焼鍋定食も置いてあった。

メンチカツカレーは、まぁまぁ美味しかった。とくにメンチカツの肉はジューシーだった。

ふたりはさっきの緊張の疲れを癒やすように、芸能ネタなどのくだらない話で盛り上がった。

道の駅からホテルまでは徒歩五分程度の距離なので、真冬はここから歩いて帰ることにした。

「黒沢優花さんの事案については、はっきりしたことがわかり次第、ご連絡します」

気になるこの件については、和美を頼るしかない。

「よろしくお願いします」

「わたしは捜査本部に戻ってちょっと調べごとをする予定です。なにかありましたら、いつでもお電話くださいね」

「ありがとうございます」

「じゃあ引き続き頑張りましょう」

和美は頼もしい笑顔を浮かべた。

ホテルに戻ると、カウンターに恵子が立ってた。

「お帰りなさい。大変なことが起きちゃいましたね」

恵子は青ざめた顔で言った。

「あの……黒沢さんの……」

どう答えていいかわからず、真冬はそれだけしか言えなかった。

「まさか、優花ちゃんが自殺するなんてねぇ」

恵子の頬につーっと涙が流れ落ちた。

どうやら現時点では自殺と報道されているようだ。

「どうしてそれを？」

「秋田テレビの県内ニュースでやってました。あんないい子だったのに、なんで、まぁ……」

恵子は言葉を詰まらせた。

「ほんとに素敵な方でしたね」

「昨夜、顕人くんと《男鹿路》に行ったんでしょ。勇夫から聞いてますよ。誰だって好きになるよね。いい子だもの」

「はい、お料理もとても美味しかったです」

「そうなのよ。わたしなんかと違って料理上手だったし、お店もうまくいってたのに……」

細い声で恵子は嘆いた。

「また伺いたかったので、残念です」

「ほんとに残念。ああ、神さまっていないのかねぇ」

恵子がルームキーを差し出した。真冬はキーを受け取って頭を下げると、エレベーターへ向かった。

ほんの少しのふれあいしかなかった自分の悲しみは、恵子や浪岡とは比較にならない。

地元の人々が作る悲しみの輪には入ることはできないのだ。

部屋に入って、真冬はベッドに転がった。

待つことが多かった。まず、浪岡には五時頃に電話すると言ってある。

優花の死因、捜査状況は和美の連絡を待つしかない。

スマホのメール着信音が鳴った。

「うわっ、アケチモート卿だ」

半身を起こした真冬は、ディスプレイを見て顔をしかめた。

——大宝寺義安についての情報を収集した。今川に電話して確認するように。

無愛想な口調そのままのメールだったが、なにか情報が入ったらしい。

──了解しました。本日、秋田県警の進藤警部補と義安氏の長男でグループ総帥の義隆氏の自宅を訪問しました。本件についてはなにも知らないという回答を得ましたが、義隆氏の調査も必要かとは思われます。

──今川に電話するように。こちらも引き続き調査する。以上。

──了解です。直ちに電話します。

それきり返信は来なかった。

真冬は電話帳の今川の表示をタップした。

「朝倉です。こんにちは」

真冬は元気な声を出した。

「あ、お疲れさまです。いまケータリング弁当食い終わったとこです。今日はジューシーさのかけらもないハンバーグ弁当でした」

今川は奇妙な声で笑った。

「アケチモート卿から今川くんに電話しろってご下命です」

真冬は無視して本題に入った。

「こっちも頑張りましたよ。とりあえず警視庁に大宝寺義安について確認しました。そしたら、出ましたね」

嬉しそうに今川は言った。

「前科持ち？」

「いえいえ、前科はありません。大宝寺義安は二年前くらいに秋田県選出の与党衆議院議員、浅利勝則や秋田県議らに贈賄している疑惑が浮かび上がった人物だそうです。で、警視庁と秋田県警の捜査二課で合同捜査を進めていたとのことなんですよ」

「そうなの……」

真冬の声はかすれた。これはかなり重要な情報だ。

「ところが、秋田側の捜査が進まないでいる間にご当人が病死したので、沙汰止みになったそうです」

「贈収賄は最後の詰めまでが大変だもんね」

「そうなんですよね。そのなまはげなんとか計画……」

今川が言いよどんだので、真冬は言葉をかぶせるように言った。

「覚えといて。『なまはげシー&エアライン』ね」

「そうそう、それ。その計画の実現のために、大宝寺義安が浅利勝則や秋田県議らに贈賄していた可能性はあるわけですよ」

「おおいにあり得るね」

真冬はかすれた声で答えた。真冬の頭のなかで、いろいろなファクターにつながりのある可能性が見えてきた。

「だからもし清水政司と大宝寺義安がつるんでいたとしたら、犯人の動機にそんな贈収賄事件が絡んでる恐れはあるわけですよ」

今川は慎重に言葉を選んだ。

「つまりは口封じのためにヒットマンに殺されたってわけか」

半分冗談、半分本気で真冬は言った。

「いや、あんまり先走りしないでください。そんな可能性もあるって話です」

あわてて今川はたしなめた。

「了解。可能性のひとつとして認識しておきます」

ケロリとした声で真冬は答えた。

「でね。大宝寺グループを継承した大宝寺義隆という男がいるんですが……」

「さっき会ってきたよ」

　真冬はさらっと言った。

「えーっ！　本当ですか？」

　のけぞる今川の姿が見えるようだった。

「うん、自宅を美女刑事と襲撃した。清水政司のことは知らぬ存ぜぬの一点張りだったけどね」

　真冬はちいさく笑った。

「いやぁ、驚いたな。まさかそうくるとは。勇気ありますね」

「驚いてないで、続きを教えて」

　真冬は先を急かした。

「そいつね、若い頃、総務官僚だったんですよ。なので、秋田県や男鹿市には押しがきく男です。いろんな力を使って問題だらけの『なまはげシー&エアライン』計画を中止させ、臭い物をすべて闇に葬（ほうむ）った可能性があります」

「そうだったのか……」

　真冬は低くうなった。

あの男ならやりかねないと義隆の傲然たる態度を思い出した。

「ま、今日のところはこんなところです。なにかご質問は？」

明るい声で今川は尋ねた。

「いいえ、とくにない」

いまは訊くことよりも考えることのほうが多かった。

「昨日の夕飯、どうでした？」

弾んだ声で今川は訊いた。

「うん……美味しかったよ」

真冬は力なく答えた。

いまは触れたくない話題だった。

「どうしたんですか？　急に元気なくなっちゃって」

本気で心配そうに今川は訊いた。

「今度ゆっくり話すね」

やはり声には力が入らない。

「もしお疲れなら、応援に行きますよ。これから出てっても、夕飯はご一緒できますから」

すべて本気の今川の声だった。

「大丈夫。今川くんには、そっちで頑張ってもらわなきゃ。じゃあね」

「はい、進展があったら電話します」

「よろしく」

電話を切った真冬はふたたびベッドに寝っ転がった。


仮に大宝寺義隆が清水殺しの黒幕だとする。

もし清水が『なまはげシー&エアライン』にまつわる贈収賄などの黒い悪事を公表するぞと義隆を脅迫していたら、義隆は口封じで清水を殺すことはないわけではないかもしれない。

だが、それほどクリーンな人物と考えられていない父、義安の名誉が汚されても、あの義隆の雰囲気から考えて痛くも痒くもないのではないか。

だとすれば、義隆自身がはっきりと困る別の事情があったはずだ。が、いまは見えてこない。

黒幕は別として、清水殺しの実行犯は別にいるはずだ。あの男が自らの手を汚してナマハゲに扮した上で雪の万体仏などに人殺しに行くはずはない。

実行犯は菅江真澄のナマハゲ面をなぜ使おうとしたのだろう。

それにはあの絵に描かれた面についてさらに情報が必要だ。

浪岡に訊いてみるしかない。が、まだ、あと二時間は待つほかはない。

そんなことをつらつら考えていると、スマホが鳴った。

あわてて跳ね起きると、相手は和美だ。

なにか新しい事実が判明したのだろうか。

「さっきはありがとうございました。朝倉です」

真冬は元気よく電話に出た。

「お知らせしなきゃいけないことが出てきました」

和美の声はこわばっていた。

「なにが起きたんですか」

真冬にも緊張感が伝わって来た。

「検視の結果、黒沢優花さんは薬物を用いた他殺の線が濃くなりました」

乾いた声で和美は言った。

「そうなんですか！」

真冬の胸は激しく収縮した。

「遺体は司法解剖のために秋田大学に搬送されました」

「死因はなんですか」

　急くように真冬は訊いた。

「毒物の経口摂取と推断されています。薬物名はいまの段階ではわかりません。死亡推定時刻は鑑識の判断と変わらず今朝の午前四時前後一時間と思量されます……それで……」

　なぜか和美が言いよどんだ。

「どうしたんです」

「被疑者がひとり浮上しました。重要参考人として船川署に任意同行されて事情聴取を受けています」

　妙にもったいぶった話し方がまったく和美らしくない。真冬は嫌な予感を覚えた。

「誰なんですか」

　しばし間があった。

「浪岡顕人さんです」

　静かな声で和美は告げた。

「なんですって！」

真冬は頭の後ろを殴られたような衝撃を感じた。

「昨夜、午後一〇時頃に浪岡は黒沢さんの経営する《男鹿路》に立ち寄って、《ホテル船川》の副支配人戸沢勇夫さんと酒を飲んでいました。これは《男鹿路》のアルバイト、泉(いずみ)利美さんの証言もあります。泉さんは二二時に退出するときもふたりが店で飲んでいたことを証言しています」

「わたしをホテルまで送ってくれたあとのことです……」

真冬の声はかすれた。

「強行犯では戸沢勇夫さんも取り調べていますが、彼にはアリバイがあります。戸沢さんは二二時半頃にホテルに帰って、午前二時過ぎから勤務明けの男鹿化学工業の従業員ふたりと姉の恵子さんと四人で朝の七時頃まで飲み続けたそうです。このふたりは午後九時から次の日の二時までのシフトなのですね。埋め立て地にある男鹿化学工業は《ホテル船川》から七分くらいの距離です。恵子さんはホテルの仕事があるので五時半頃には寝たそうです」

「戸沢勇夫さんは関係ないのですね」

力なく真冬は言った。

「そうです。ところで、浪岡は午後一一時過ぎに店を出て帰宅したと主張していますが、これを証明する者はおりません。船川署刑事課では浪岡はその後も店にいて、深夜から明け方に掛けて黒沢さんを殺害したとみています」

暗い声で和美は言った。

「証拠はあるのですか」

震える声で真冬は訊いた。

「実は《男鹿路》の小上がりの座卓に残されたグラス一個からバルビツール系睡眠薬が検出されました。このグラスには黒沢さんと浪岡双方の指紋が残されていました。船川署では浪岡が戸沢勇夫さんの退出後、黒沢さんと酒を飲み、隙をうかがってグラスに睡眠薬を投入して眠らせ、黒沢さんのクルマで三ノ目潟まで運び、もうろうとしている黒沢さんを湖畔まで連れて行った上で、さらに午前五時頃、別の毒物を無理矢理経口投与して死に至らしめたと推察しています」

暗い声で和美は説明した。

「浪岡さんは三ノ目潟からどうやって帰ったんですか……」

真冬は矛盾点を発見した思いで訊いた。

「あの軽ワゴンにバイクを積んでいったのではないかと推察されています。そのバイクで帰ったのです。ワゴンについては現在鑑識で詳細を捜査中です」

冷静な声で和美は答えた。

「あの遺書は？」

救いを求めるようなつもりで真冬は訊いた。

「簡易鑑定で黒沢さんの自筆と判断されました。あの場に置かれていたのは浪岡の偽装工作ではないかと疑われています」

自信なさげに和美は答えた。

「動機は……」

ダメ出しで真冬は問うた。

「実は浪岡と黒沢さんは交際関係にあったと思われます。アルバイトの泉利美さんの証言です。この点については現時点でははっきりしないのですが……ですが、男女間の痴情のもつれが動機と考える余地はあります」

和美の言葉に真冬はうちのめされた。

男女間の痴情のもつれは殺人事件の主要な動機のひとつだ。

そうだったのか。ふたりの間に親密な空気があったことは気づいていたが……。

胸にチクリと痛みを感じた。真冬は浪岡に好意を持っていたことに気づかされた。

だが、本当に浪岡が優花を手に掛けたのなら許せない男だ。

いったい真実はどこにあるのだろうか。

真冬のこころのなかはさまざまな思いがぐるぐるとまわってカオス状態だった。

「例の菅江真澄のナマハゲ図を、浪岡さんに見てもらいたいんですよ」

気持ちを立て直して真冬は自分の任務の話を持ち出した。

「そうですよね……わたしたちの本務は黒沢さんの事件ではありませんものね」

和美も悩まし気な声を出した。

「どうにか、一度だけでも浪岡さんに会えないでしょうか」

浪岡に会って真実を聞き出したい。

「手がないわけじゃありません」

明るい声で和美は言った。

「本当ですか！」

真冬はちいさく叫んだ。

「はい、捜査本部の事件じゃないんで……これからホテルに迎えに行きます。外で待っていてください」

「了解です」

和美は電話を切った。

第五章 闇夜（あんや）

1

真冬と和美は男鹿船川署刑事課の取調室前にいた。

和美がドアをノックすると若い私服捜査員が出てきて一礼した。

「取り調べは赤尾さん？」

にこやかに和美は尋ねた。

「はい、そうです」

捜査員は緊張して答えた。たぶん巡査か巡査長だろう。

「悪いんだけど、捜査本部の事件の関係で一五分くらい時間がほしいの。赤尾さんに伝えてくれる」

やわらかい声で頼むと、若い捜査員は頭を下げて取調室に顔を突っ込んで説明した。

すぐに赤尾が出てきた。

「いや、困るじゃないですか」

赤尾は唇を突き出して抗議の言葉を口にした。

「だってまだ逮捕してないんでしょ？」

平然と和美は訊いた。

「はい、いまは任意ですけど」

不服面で赤尾は答えた。

「じゃあ、時間制限ないでしょうが」

和美はつよい調子で言った。

刑訴法では逮捕から四八時間で送検しなければならないと決められている。

「ま、そうなんですけどね」

赤尾は耳の穴をかっぽじった。

「あれ。あんた、どうしてここにいるの？」

真冬に気づいた赤尾は素っ頓狂な声を上げた。

「すみません。朝倉さんは、わたしの新しい相方なのよ。朝は事情があって嘘ついちやった。悪く思わないで」

和美はちょっとかわいらしい声で顔の前で手を合わせた。

「ひどいなぁ、騙すなんて。あなた記者さんじゃないんですね」

赤尾は口を尖らせて訊いた。

「はい、進藤主任の部下です」

真冬はしおらしい調子で頭を下げた。

「わかりましたよ。どうも本部の人の考えてることはよくわからん。早めに済ませてくださいね」

あきらめ顔で赤尾は言った。

「わかってますって」

さらに明るい調子で和美は言った。

赤尾はかるく頭を下げると、廊下をエレベーターホールのほうに去っていった。若い捜査員があわててあとを追った。

和美、真冬の順で取調室に入った。

浪岡はグレーのスチール机の向こう側で無表情に座っていた。

真冬の顔を見た浪岡の目が大きく開かれた。

「あ……朝倉さん！　なんでここに？」

浪岡はわけがわからないという顔で舌をもつれさせた。

「わたし、本当は警察官なんです。万体仏事件を調べているんです」

真冬は警察手帳を提示した。

「そんな……馬鹿な……あなたが刑事だなんて……」

途切れがちの声で浪岡は言った。

「騙しててごめんなさい。これにはいろいろ事情があって……でも、わたしは優花さんの事件を調べているわけではありません。ここに来たのはナマハゲについて伺いたいことがあるからです」

真冬は浪岡の目を見つめ、こころを込めて自分の立場を説明した。

「はぁ……ナマハゲのことですか」

浪岡は不得要領にうなずいた。

和美は記録者の位置に置いてあったパイプ椅子を浪岡の正面に持って来た。

真冬たちは浪岡と対峙する位置で腰を掛けた。

「わたしも黒沢さんの事件とは関係ないんです。万体仏事件の捜査をしている秋田県警捜査一課の進藤和美と言います」

　和美も警察手帳を提示した。

　取調室内での提示は非常に珍しいことだろう。

「僕はやってません」

　関係ないと言ったはずの真冬たちに、浪岡はつよい調子で言った。

　これは当然の反応だろう。

「わたしもそう信じたい」

　真冬は浪岡の気持ちに寄り添いたいと思った。

「やってないんです。優花さんを殺すなんてあり得ない」

　浪岡は激しく首を横に振った。

「優花さんのことについて取調官に話しましたか」

　やわらかい声で真冬は尋ねた。

「刑事の態度がひどいんでなにも話していません」

　不愉快そうに唇をゆがめて、浪岡は答えた。

「わたしになら話してくださる？　優花さんのこと」

　真冬は静かに言った。

「だいいち、優花さんは僕にとって手の届くような人じゃないんです」

浪岡の瞳が揺らいだ。

浪岡の答えは問うに落ちず語るに落ちている気がした。

やはり浪岡は優花に対して好意を持っていたのだ。

「どういう意味なんですか」

わざと素っ気なく真冬は訊いた。

「彼女は若美地区申川の出身なんです」

「大宝寺御殿のあるところですね」

真冬の言葉に浪岡はうなずいた。

「ええ、でも高校を卒業してから東京へ出て、銀座の一流クラブでホステスをやってたんです。それも大変な売れっ子だったそうです。もともと僕のような田舎者が釣り合う人じゃないんです」

つよい口調で浪岡は言った。

「そうだったの……」

どちらかというとナチュラルな魅力を持っていた優花が、そんな華やかな職業に就いていたとは意外だった。

「優花さんは一人っ子でした。彼女が二三歳くらいのときに、お母さんが若年性の脳血行障害で倒れ、左半身が不自由になりました。その後は申川の石油精製会社に勤めていたお父さんがお母さんの面倒を見るようになりました」

「お気の毒に」

「ところが、それから三年くらいしてお父さんががんに罹ってしまって、秋田市の大病院に入院したんで、お母さんの面倒を見るために彼女は帰郷したんです。高額の先進医療費を支払うために苦労していたそうです。お父さんはそのまま亡くなってしまった。莫大な借金が残ったそうです。でも、彼女はお母さんの面倒を見なければならず、申川を離れられなかった。男鹿ではそんなに高給を取れる仕事は見つかりません。優花さんは困り果てたそうです。このままでは母娘そろって首でもくくろうかと思ったと言っていました」

暗い顔で浪岡は答えた。

「そんなときに援助の手を差し伸べようと言ってきたのが……」

浪岡は口をつぐんだ。

「大宝寺義安さんなのですね」

真冬の言葉に浪岡は顔をしかめてうなずいた。

「早い話が愛人になれってことです」

吐き捨てるように浪岡は言った。

「人の弱みにつけ込むなんてひどい……」

真冬も本当に腹が立った。

「まったくです。クズ男ですよ。大宝寺って男は」

激しい怒りに浪岡は目を尖らせた。

「いまの時代でもそんな話があるんですね」

真冬は驚きの声を上げた。

「朝倉さんはご存じないんですね。世の中には掃いて捨てるほどありますよ。ただ、優花さんは美しかったから金持ちが目をつけたというわけです。その頃は義安には奥さんがいました。優花さんはまだ二〇代半ばで三〇歳以上も年の離れた男の愛人になったわけです」

浪岡はつらそうに目を伏せた。

「そうなんですね」

自分は幼くして両親を亡くしたが、立派な祖母のおかげでなに不自由なく育った。いまさらながらに祖母への感謝の気持ちがわき上がった。

「その後、お母さんもお父さんの後を追うように亡くなった。でも、大宝寺義安が死ぬまで彼女は縛りつけられていました。優花さんは律儀な人だから、義安に感謝の念を抱いていたんですね」

嘆くような口調で浪岡は言った。

「大宝寺義安氏が亡くなって、優花さんは自由になれたんですね」

どれだけつらい日々を過ごしたのだろうか。

女なら、いや男でも、人間誰しも本当に愛する人と暮らしたいだろう。

真冬は胸が締めつけられる気持ちだった。

「というより、義安の息子の義隆に家を追い出されたんですよ。義安の遺言で、形見分けとしてあの《男鹿路》の店を優花さんはもらいました。でも、店の所有権は彼女にはありませんでした。大宝寺開発が家主です。いつでも追い出せると義隆は考えていたのでしょう。義隆は自分の母親が死んだのは優花さんのせいだと思っていたようですから……義安夫人は優花さんが愛人となって二年後に病死しているんです。父親が亡くなってからは優花さんにはずいぶん冷たい態度をとったようですよ」

浪岡の目がふたたび怒りに燃えた。

あの男なら優花につらく当たってても少しも不思議はなかった。

「いろいろと教えてくださってありがとうございます。優花さんの亡骸は三ノ目潟で見つかりましたが、このことはどうお考えですか?」

　真冬は質問を変えた。

「彼女とは一度、三ノ目潟にトレッキングにいったことがあります。ふたりではなく、《ホテル船川》の勇夫くんと三人で行ったのです。そのときに優花さんは、あの湖にすごく感動していました。湖水を眺めながら『死ぬときはここで死にたい』って何度も言ってました」

　言葉に出しながらも、浪岡は優花が自殺したとは思っていないようだった。

「自殺する原因として思い当たることはありますか?」

　すでに殺人と判断されているのだから、これは念のための問いだった。

「いいえ、店もうまくいっていたし、彼女は秋田料理を作ることとお客さんに喜んでもらうことがなにより好きでしたから、急に死ぬ理由は考えられません。利美ちゃんから聞いたんでしょうけど、僕は昨晩、朝倉さんと別れてからたしかに《男鹿路》に戻って勇夫くんと飲みました。そのときも優花さんに少しも変わったところはありませんでした。自殺するとは思えません」

「では、彼女は殺されたとお思いですか」

つらい問いを真冬は口から出した。

「彼女を殺したい人なんているはずありません。誰にも親切でやさしくてみんなに好かれていました。利美ちゃんや勇夫くんに訊いてみてください」

激しい口調で浪岡は言った。

「もちろん、あなたも彼女が好きだったのですね」

さらりと真冬は訊いた。

「あたりまえです。僕はたしかにもう一度あの店に行きました。でも、一一時くらいに帰って自分の部屋で朝まで寝てたんです。僕が彼女を手に掛けるなんてあり得ないんですっ」

浪岡は興奮して訴えた。

「彼女のそばにこんな書き置きがあったのです」

真冬は和美に転送してもらった遺書の写真を浪岡の前に提示した。

――わたしが犯した過ちをきちんと償います　黒沢優花

「こ、これは……」

浪岡は言葉を失った。

そのとき、真冬の左耳の奥にキーンと痛みを感じた。

苦しんでいる人と対峙していると、真冬は耳の奥に痛みを感ずる。

しくしくと痛みが出るとき、相手はこころに大きな不幸を抱えている。

浪岡が苦しんでいるのはあたりまえかもしれないが、どうしていまこのタイミングで痛みを感ずるのだろう。

「遺書だと思われますね？」

真冬は浪岡の目を見て訊いた。

「いいえ、これは遺書ではありません」

浪岡はきっぱり言い切った。

「どうしてそう言い切れるのですか」

不思議に思って真冬は問うた。

「文書を見るのは初めてですが、話を聞いたことがあります。彼女は一度だけ、義安を裏切ったことがあるそうです。そのことがバレて詫び状を書かされたとの話です。これはそのときのものだと思います」

感情を抑えたような平板な声で浪岡は言った。

「なるほど……そう言われてみれば、遺書のようにも見えますが、詫び状と考えてもおかしくない文面ですね」

浪岡の説明には説得力があった。

いままで話を聞いていて真冬の胸には安心感が生まれていた。

浪岡は優花を殺していないと思われたからだ。

優花の自殺を否定し続けているのがいちばんの理由だ。

もし優花が自殺したと警察が判断したなら、浪岡は即時釈放だ。

また、彼女を殺すような人間などいないと主張している点も真冬はホッとしていた。

真冬たちの疑いを解くために、この二点を偽装できるほど浪岡は器用な人間とは思えない。

犯人は浪岡ではない。真冬は確信していた。

だが、その事実を証明する確たる証拠は、いまはなかった。

浪岡の興奮が少し落ち着いたようなので、真冬は肝心の質問に移ることにした。

「この絵をご存じですか？」

真冬はスマホに菅江真澄のナマハゲの絵を映し出して浪岡に見せた。

「ああ、菅江真澄の『牡鹿の寒かぜ』の『生身剝ぎ』という項ですね。日本で最も古いナマハゲの記録です。描かれたのは文化八年正月十五日だったと思います。ここで菅江真澄は右を鬼の面、左をヒョットコの面と記録しています。若美地区の野石宮沢集落の記録です。この絵がなにか？」

冷静な口調で浪岡は訊いた。

「実は万体仏事件の犯人を目撃した方が、あの犯人はこの右の面そっくりの笑っているナマハゲ面をつけていたと証言しているのです。このナマハゲ面についてなにかご存じのことはありませんか」

真冬が質問を発した瞬間、浪岡の顔が苦悶（くもん）にゆがんだ。

同時に真冬の耳の奥の痛みが再発した。いったい浪岡はなにに苦しんでいるのか。

しばし、浪岡は黙った。

「この絵の舞台となっている野石宮沢集落の農家は大宝寺家の祖先なんです。網元をやっていた中川の豪家とは別の家です」

なぜか震えがちの声で浪岡は答えた。

「本当ですか！」

真冬は叫んだ。

「この面は、大宝寺家によって家宝のひとつとしてずっと継承されていたのです。博物館などへの貸し出しもせず、写真も撮らせず、門外不出だったそうです。ですが、義安はそんな貴重なものとは考えていなかったのです。無形文化財のナマハゲ行事ですが、ナマハゲ面自体の財産的価値はそんなに大きいものではありませんからね。義安は数年前、請われて人にあげてしまいました」

浪岡はつらそうに目を伏せた。

「いったい誰にあげたのですか？」

真冬は畳みかけるように訊いた。

「それが……優花さんなんです……」

消え入りそうな声で浪岡は答えた。

「そんな……」

真冬は言葉を失った。

「なんてこと……」

和美も思わず声を漏らした。

もしそうだとすれば、清水政司を殺害したナマハゲは優花という可能性も出てくる。

浪岡が苦しむのはあたりまえだった。

「優花さんはこの面が義安に似ているから守り神として自分に与えてくれないかと頼

んだそうです。義安が亡くなる一年前くらいでしょうか」

細い声で浪岡は言った。

たしかに万体仏事件の犯人の性別はわかっていない。一七一センチの和美と同じくらいの身長という条件にも当てはまる。

だが、なぜ優花がそんなことをしなければならなかったのだろうか。

「ところがですね。あのナマハゲ面は何者かに盗まれたんですよ」

浪岡は真冬の目を見てしっかりと言った。

「え？　盗まれたんですか」

意外な思いに真冬は浪岡の言葉をなぞった。

「去年の一二月でした。日にちまでは覚えていません。ナマハゲ面は楢岡焼が置いてあった吊り床の横に掛けてあったんです。盗もうと思えば、誰もが持ち去れる場所でした。優花さんは淋しがっていましたが。それきり盗難届なども出しませんでした。だから、万体仏の事件は盗んだ者の犯行だと思うんですが……」

最後の浪岡の言葉はいくぶん弱々しかった。

浪岡が嘘をついているとは思えない。それに利美に訊けば裏は取れる話だ。

だが、優花が盗まれたふりをして犯行に及んだ可能性も捨てきれない。

「盗んだ人に心当たりはありませんか」

真冬は念のために訊いた。

「さぁ、あの店にはいろんなお客が来ますから……」

予想通り、浪岡は首を傾げた。

いったい誰が優花に罪を着せようとしたのだろうか。

「朝倉さん、そろそろ引き上げないと……」

考えていたら、和美にたしなめられた。たしかに赤尾がしびれを切らしているだろう。

「わかりました」

真冬は浪岡へと向き直った。

「浪岡さん、お話を伺ってあなたが犯人でないことを確信しました。あなたのえん罪を晴らすためにわたしは努力します」

真冬は浪岡の目を見て言葉にせいいっぱいの力を込めた。

「ありがとうございます。信じてくれて嬉しいです」

浪岡の目は潤んだ。

「だから、わたしと約束してほしいんです。なにがあっても身に覚えがないことを口にしないでください。仮に罪を軽くしてやるというようなことを言われても絶対にその手に乗ってはいけません。一度罪を認めてしまうと、裁判で覆(くつがえ)すのはとても難しいのです。ずっと黙秘を続けてもいいです。わたしを信じて絶対に罪を認めないでください」

最大限の力を込めて真冬は言った。

「約束します。朝倉さんを信じます」

浪岡は力づよく言った。

「では、これで失礼します」

真冬と和美は取調室の外へ出た。

廊下を赤尾がこちらへ歩み寄ってきた。

「やっと終わったようですね。なにか引き出せましたか」

嫌味な口調で赤尾が言った。

「ええ、収穫はありましたとも」

和美は陽気な声で答えた。

「それはけっこう。ところで進藤さん、捜査本部であなたを捜していましたよ。戻ったほうがいいんじゃないんですか」

ちょっと意地悪な赤尾の言い方がひっかかった。

「そう、ありがとう。被疑者には丁重な取り調べをね」

和美は皮肉っぽく言った。

「承知しております」

赤尾は素知らぬ顔で答えた。

廊下を歩き始めてすぐに和美が言った。

「朝倉さん、まるで弁護士ですね」

さもおもしろいといった調子で和美は笑った。

「言う必要があったと思いましたんで」

真冬はまじめに答えた。

「わたしもね、浪岡さんはシロだと思いましたよ」

明るい声で和美は言った。

「やっぱり！」

捜査のプロの言葉だ。真冬は嬉しくなった。

「ええ、自分に不利になることを平気で言い続けてましたもんね。あの人は演技ができるような性格には見えない」

「そう、そうなんです。わたしも同じ意見です」

真冬が声を弾ませた。

「ところでナマハゲ面のことについて少し話したいんですが、上で呼んでるみたいなんで……」

「どこかでお待ちしてますよ」

眉をひそめて和美は言った。

真冬も和美に話したいことは山ほどあった。

「そしたら、さっきお昼を食べたお店の隣にジェラート屋があるんです。そこで待っててください。遅くなるようならお電話します」

和美は明るい声で言った。

「目と鼻の先の道の駅ですね。お待ちしてます」

真冬が答えると、和美は小走りに去っていった。

エレベーターに真冬は乗り込んだ。

2

指定されたジェラート屋でソフトクリームを食べていると、目の前の道路にスズキの覆面が停まった。

運転席の窓から和美が手招きしている。

真冬は小走りに覆面パトに駆け寄った。

「やられましたよ」

助手席に乗り込んだ真冬に和美はいきなり言った。

「なにがですか？」

意味がわからず真冬は訊いた。

「捜査本部を外されました。明日は本部に出勤せよとのお達しです」

口もとに笑みを浮かべて和美は静かに言った。

なかなかの精神力だ。

「あの男、なんて手回しがいいんだろ」

真冬は歯ぎしりするように言った。

「まったくです。大宝寺義隆が絡んでいることは明白ですね」

和美ははっきりとした口調で言った。

その通りだ。揺さぶりを掛けたせいで大きな歯車がまわり始めた。

「どこから下りてきた命令ですか」

重要なことを真冬は訊いた。

「道川五郎秋田県警刑事部長直々の命です」

おもしろそうに和美は答えた。

「臭いですね。道川刑事部長」

「しかも、今夜のうちにこちらにお見えだそうです」

すました顔で和美は言った。

「それ、はっきり尻尾出してるじゃないですか」

理由も告げずに捜査から外すというあまりにもお粗末な態度は、和美のような警部補を舐めているとしか思えない。

「くそダヌキめ」

和美は歯を剝いて悪態をついた。これこそ彼女の本音だ。

「どんな人物ですか？」

「地方(じかた)です。階級は警視正で、久保田署からこの四月に異動してきました。あと何年かで定年のはずです」

淡々と和美は説明した。地方とはノンキャリアの警察官を指す言葉だ。

「ちょっと上司に報告したいのでお時間もらえますか」

この件は至急、明智に報告すべきだ。

「わかりました。ここに停まっていてもつまらないから、《おが潮風街道》でも流しましょうか」

「いいんですか？」

覆面パトをドライブに使ってもかまわないのだろうか。

「捜査本部を追い出されたんです。次の命令は本部への登庁です。今日はこれからどこへ行こうが進藤の勝手でしょう」

開き直ったように和美は言うとイグニッションキーをまわした。

クルマは県道へと滑り出て入道崎の方向へと走り始めた。

真冬は明智審議官の番号をタップした。

「朝倉です。お疲れさまです」

「緊急事態か？」

明智審議官のよく通るが、感情の感じられない声が返ってきた。

「ちょっとお時間頂いてよろしいでしょうか」

「いいから話せ」

「今回の主役は秋田県警刑事部長、道川五郎警視正である可能性が浮上しました。実は捜査妨害が入りまして……」

真冬は大宝寺義隆の揺さぶりと和美の追い出しなどについて詳しく話した。

「わかった。道川部長についてはこちらでも調査する。引き続き二月一九日の事件の調査を進めなさい」

「了解致しました。失礼致します」

電話はそれきり切れた。

和美がステアリングを握ったままはしゃぎ声を出した。

「今夜のわたしは自由行動です。今日中に犯人を捕まえましょう」

言葉とは裏腹に和美の横顔はまじめだった。

「いくらなんでも……」

それは無理な話だ。

「本気ですよ。どんなことがあっても、わたしを追い払ったくそダヌキの尻尾を摑んでやります。刑事を現場から追い出すとどんな目に遭うか思い知らせてやる」

和美の声は怒りに震えていた。

「わたしひとつだけ気になっている点があるんです」

「なんでしょう」

和美の声に期待が感じられた。

「浪岡さんが優花さん殺しの犯人でない前提で話を進めますね」

「今日の事件の話ですか……」

現金なほど和美の声の調子が落ちた。

「がっかりしないで話を聞いてください」

「わかりました。わたしも浪岡さんはえん罪だと思っていますから」

「優花さんは大宝寺義安氏の愛人であり、氏から赤いナマハゲ面をもらっていました。万体仏の事件の犯人はその赤いナマハゲ面をつけて逃走した。そして優花さんが三ノ目潟で殺害された。ふたつの事件はどう考えても関わりがあると思います」

もはや真冬は確信していた。

「なるほど！　無関係と考えるほうが不自然かもしれませんね」

和美の横顔が明るく輝いた。

「だとすれば、優花さん殺しの犯人を明らかにすれば、清水さん殺しの犯人も浮かび上がってくるのではないでしょうか。わたしはふたつの事件は大宝寺義隆が黒幕だと推測しています。実行犯が別だとしても、ふたつの事件はきっとつながっています」

「そうですね！」

和美は張り切った声を出した。

「犯人は最初から浪岡さんに罪を着せようとしていますよね。浪岡さんの行動を逐一チェックでき、遺書の話を知っている人間。さらには三ノ目潟で死にたいと言っていた事実を知っていた人間は……」

真冬の言葉に和美の顔がパッと明るくなった。

「あ、《ホテル船川》の戸沢勇夫！」

「可能性はあると思いませんか」

「でも、勇夫にはアリバイがありますよ。ふたりも証人がいるんじゃ動かない事実でしょう」

浮かぬ顔で和美は言った。

「なにか裏があるんですよ。それに《男鹿路》の小上がりの座卓に残されたグラスに細工できる人間もそう多くはいないでしょう」

「たしかに……」

　真冬の言葉に、和美はしっかりとあごを引いた。

「わたしとしては戸沢を揺すぶってみたいんですけど」

　きっとなにかが飛び出すと真冬は信じていた。

「いいですね。やってみましょう。間違ってたら土下座すればいいだけの話です」

　明るい声で和美は答えた。

「その前にちょっと連絡したいところが出てきました」

　真冬はスマホを取り出した。

「今川くん、いまヒマ？」

「ヒマなわけないじゃないですか。大宝寺グループの事業と浅利議員の関わりについてさんざん調べてますよ」

　今川が口を尖らせるようすが目に浮かんだ。

「わたしの宿泊している《ホテル船川》と大宝寺グループの関係について大至急調べてほしいんだけど」

「登記簿の閲覧にこれからそっちに行きましょうか」

　本気で今川は声を弾ませているようだった。

「それには及ばない。というより間に合わない。ほかの方法考えてよ。ただし、男鹿船川警察署に連絡しちゃダメ」

「いまググって見たんですけど、男鹿市の登記簿を管轄しているのは、秋田市の秋田地方法務局、つまり本局です。秋田中央署に依頼してみますよ」

「さすが、秀才！」

「おだててもなにも出ませんから。それよりお土産よろしく！」

「んー、考えとくね」

真冬は電話を切った。

「いよいよ、戦闘開始ですね！」

和美の声は大きく弾んでいた。

「はい、頑張りましょう」

真冬も元気いっぱいに答えた。

3

午後七時五五分。真冬はひとり万体仏に座っていた。

堂内は街灯のおかげでそれなりに明るい。

あたりは恐ろしいほどに静かだ。

草むらで鳴く虫の声がかえって静けさを際立たせていた。

万体仏で真冬が叱った捜査一課の田中巡査部長は優花殺しの捜査に投入されていた。

和美は田中からいくつかの情報を得ていた。司法解剖の結果、優花の遺体からバルビツール系睡眠薬が検出された。同じ薬物は三ノ目潟に残された薬瓶からも《男鹿路》のグラスからも見つかっている。さらに優花の生命を奪ったであろうシアン化合物系の毒物も彼女の遺体に残っていた。この事実は血中シアン濃度測定の結果明らかになった。

揺さぶりを掛けるために、六時に《ホテル船川》のメールアドレスにスマホからメールを送った。

——黒沢優花さんを殺害した犯人へ。お話がしたいです。午後八時に真山の万体仏でお待ちしています。

返信はなかった。

だが、真冬は戸沢勇夫が現れると踏んでいた。

理由は三つあった。

第一に株式会社ホテル船川の所有する土地建物には抵当権が付されている。借受債務は三七六〇万円で抵当権者は株式会社大宝寺開発。

要するに《ホテル船川》は大宝寺グループに担保に取られているわけだ。

これは今川が秋田中央署の刑事課員に秋田地方法務局の登記簿を閲覧させてわかった。

ホテルには客が入っているとは見えないし、勇夫自身は金に困っているのは明らかだ。借入金の返済が滞っている可能性は低くはないと考えられる。大宝寺グループに抵当権を実行されれば戸沢姉弟はホテルを失って路頭に迷うに違いない。大宝寺義隆に脅しつけられれば、殺人にさえ手を染めるおそれは否定できない。

第二に、黒沢優花は大宝寺義安から寄贈されたナマハゲ面を去年の暮れに盗まれていた。

つまり、万体仏事件の犯人は優花に罪をなすりつけようとしていたのだ。

《男鹿路》の常連であった勇夫はナマハゲ面を盗み出すことも難しくはなかったはずだ。

第三に、和美に伝えたとおり、浪岡顕人の行動を逐一チェックでき、遺書の話を知っている人間であり、優花が三ノ目潟で死にたいと言っていた事実を知っていた人間は限られる。勇夫はその条件を満たしている。

午後八時になった。

いきなり戸口に人影が現れた。

「戸沢勇夫さんですね。お待ちしていました」

真冬は静かに呼びかけた。

「あんた、あの顕人のレコか？」

けげんな声で勇夫は訊いた。

「断っておきますけど、わたしは、あなたが自分の罪を着せた浪岡顕人さんとはただのお友だちです」

平らかな声で真冬は言った。

「なに言ってんだよ。俺にはアリバイがあるんだぜ」

勇夫は鼻の先で笑った。

「あなたの行動はもう予測できています。あなたは浪岡さんが退出した二三時頃に《男鹿路》に戻り、店内で小野寺優花さんを拘束して無理やりバルビツール酸系睡眠薬を飲ませ意識を失わせたんです。浪岡さんが指紋を残したグラスに優花さんの指紋をつけたり、睡眠薬を混入させる細工をしたのもあなたでしょう。あなたは浪岡さんが優花さんを殺して偽装自殺に見せかけるような工作をしていた。そう、最初から警察を誤誘導するつもりだったのです。その後、彼女のクルマで三ノ目潟に運んでもうろうとする彼女を岸辺まで歩かせた。だいたい〇時半くらいではないかと思います」

「ふざけんな。刑事から取り調べを受けたときに聞かされたが、優花の死亡推定時刻は明け方らしいじゃないか。俺は二時から朝の七時頃まで友だちふたりと徹夜で飲んでたんだ。こんなにしっかりしたアリバイはないだろ」

小馬鹿にしたような声で勇夫は言った。

「あなたは溶解に時間の掛かる腸溶性硬質カプセルを使ったんです」

静かな声で真冬は言った。

「なんだと……」

勇夫の声はかすれた。

「三ノ目潟で優花さんに薬を無理矢理飲ませたのは〇時半くらいでしょう。あなたはそれから軽ワゴンに積んだバイクで《ホテル船川》に戻り、二時過ぎにやってきたお友だちと飲むことでアリバイを作ったのです。三ノ目潟に放置された優花さんの腸で硬質カプセルが溶けたのが四時前後一時間なんですよ。司法解剖の結果、優花さんの生命を奪った毒は即効性のシアン化合物と判明しています。解析が済めば、具体的な薬物名もはっきりするでしょう。いずれにしても溶け出した毒が腸壁から吸収されて優花さんは亡くなった。これがあなたの恐ろしい手品の種明かしです」

真冬はゆっくりと言葉を突きつけた。

「ば、馬鹿な……だいいち俺がなんで優花を殺さなきゃいけないんだ……」

うめくように勇夫は言った。

「そうだよ。優花を殺さなきゃいけなかったのはあたしだよ」

驚いて戸口を見るとひとりの女が立っている。

「け、恵子さん……」

真冬は言葉を失った。

恵子の右手にはサイレンサー付きの拳銃が握られていた。

「だいたいね。勇夫に人を殺す勇気なんてない。名前とは違ってね。こいつは優花を運ぶ手伝いしかできやしなかったよ」

恵子はのどの奥で奇妙な笑い声を立てた。

真冬の全身は板のようにこわばった。

背中から冷たい汗が噴き出した。

ホテルではおだやかに見えた恵子の顔は別人のように凶悪なものに変わっていた。

両目がつり上がって口もとに酷薄な影が浮かんでいる。

「なんであんないい人を殺したのよ」

真冬は怒りに声を震わせた。

恐怖より怒りが先に立っていた。

優花が死んだと聞いたときに流していた涙はまったくの偽りだったのだ。

「あんた警官なんだってね。大宝寺義隆から聞いたよ」

恵子は真冬の問いには直接に答えなかった。

やはり恵子は義隆とつながりがあるのか。

「わたしのことはどうでもいい。いったいなんでそんなことしたのっ」

激しい声で真冬は問い詰めた。

「教えてやろうか。あんたの追っかけてる万体仏の殺しもあたしがやったのさ」

恵子は平然とした口調でとんでもないことを口にした。

後頭部をなぐられたような衝撃が真冬に走った。

「あの事件も……」

真冬の声はかすれた。

万体仏の犯人が恵子とは考えてもいなかった。

「そうさ、優花は清水殺しを知ってあたしに自首しろって迫ったから片づけたんだ。つまり、口封じさ」

平気の平左で恵子はうそぶいた。

この女には人のこころというものがないのか。

腹の底から怒りがわき上がってきた。

「《男鹿路》のナマハゲ面を盗んだのもあなたなのね」

怒りの視線で真冬は恵子の顔を見ながら尋ねた。

「そうだよ。優花のナマハゲ面を盗んで清水殺しを、柴灯祭の連中か優花のせいにしようと思ったんだ。目撃者はじじいひとりだったけど、とりあえず警察の目をそらせただろ」

恵子は薄ら笑いを浮かべた。

「優花さんをどうやって殺したの」

「あんたの考えたとおりさ。たいしたもんだね、警察庁のキャリアだけあって」

せせら笑うように恵子は答えた。

「なんで優花さんは、あなたが清水さんを殺したことを知ったのよ?」

そのあたりはまったく見えてこなかった。

「このバカのせいだよ」

恵子は勇夫にあごをしゃくった。

「ぐっ……」

うめき声を上げて勇夫は肩をすくめた。

「このバカはね。金に困って優花を脅したのさ。『清水殺しの犯人がかぶってたナマハゲ面が明らかになった。おまえの面だと俺は知っている。警察に言ってほしくなかったら金をよこせ』ってなことをね。まったく根っからのバカだよ、こいつは」

ちらっと勇夫を見て恵子は言った。

「そんなにバカバカって言うなよ」

勇夫がちいさな声で抗議した。

「バカは黙ってな」

恵子が怒鳴ると勇夫はしゅんとなった。

「考えがなさ過ぎる……」

真冬はあきれるしかなかった。

「そうさ、このバカのせいで、あたしは殺したくもない優花を殺す羽目に陥ったのさ」

吐き捨てるように言って恵子は言葉を継いだ。

「そしたら、優花はあたしが犯人だと感づいちまった。あの女は大宝寺義安の愛人だったから、すべての図式が見えてたんだ。清水の話も義安から詳しく聞いていたんだろう。で、一週間くらい前にあたしに自首しなければ警察に言うとか抜かしやがったんだ。それで義隆に相談したら殺せってね。段取り決めて薬も用意してくれた。豊島とかいう主治医に用意させたんだ」

淡々とした口調で恵子は語った。

あの医師か……。たしかに医師か薬剤師でなければ、入手のできないカプセルだろう。

「ふたりを殺せという指示は、大宝寺義隆が出していたのね」

義隆の傲然たる態度が真冬の脳裏に蘇った。

「そりゃそうさ、義隆はこのお堂の事件の共同共謀正犯だからね」

恵子は薄ら笑いを浮かべた。

おやっと真冬は思った。

ホテルの支配人にしては恵子は法律に詳しいようだ。

「その拳銃で清水さんも殺したのね。義隆からもらったの？」

警察の対策が進んで以前より拳銃の入手は困難になっている。

「ああ、このマカロフも義隆に渡された。あいつは裏ルートから、いくらでも拳銃なんて手に入れられるのさ。ロシアン・マフィアあたりともつきあいがあるんだろうな」

平気な顔で恵子は答えた。

「でも、義隆はなんで清水さんを殺さなきゃならなかったの？」

真冬が追っていた謎はまだ少しも解けていない。

「義隆は清水を憎んでたのさ。親父が病に倒れたのは清水に騙されて落胆したせいだと思ってた。清水は実現できもしない『なまはげシー＆エアライン』なんて砂上の楼閣計画を作って、義安から金を巻き上げたり、議員や役人への賄賂の中抜きをしていた。それに気づいた義安は怒り狂って落胆し生命を縮めた。それだけ巻き上げときながら清水は金遣いが荒くいつも金に困ってた。いい女を囲ったり贅沢なクルマを買ったりするからだ。で、最後は死ねばもろともとか言って義隆を脅し始めたんだ。金をよこさなきゃ義安の贈賄をバラすぞって。そうなると、困るのは議員先生や役人たちだ。あたしはそんな上のほうの謀り事はよくわからないけど、みんなで寄ってたかって清水を殺す話を決めたんだろう」

恵子はどこかうつろな声で説明した。

「清水さんはお金に困っていたのね」

それにしても義隆を恐喝するとは愚かなことをしたものだ。無事で済むはずがない。

「そうさ、あの柴灯まつりの夜も、金を持っていくって言ったら、このお堂にノコノコやってきた。自分が始末されるとも知らないでね。筋の悪い借金で首が回らなくなってたのさ。たぶんヤミ金かなんかをつまんでヤクザに脅されでもしてたんだろうよ」

恵子は鼻の先にしわを寄せて笑った。

「さっき言ってた議員って誰なの」

真冬は質問を変えた。

「もうあんたにはそんな連中を追い詰めることはできないんだよ。だけど、冥土の土産に教えてやるよ。中心となってたのは浅利勝則って衆議院議員さ」

恵子は憎々しげに肝心なことを口にした。

これで、今川が調べていることの裏が取れた。

「義安の仲間には警察幹部もいるんでしょ」

畳みかけるように真冬は訊いた。

「そこまで調べたのか。ああ、道川って県警の刑事部長さ。そいつは浅利の言いなりなんだよ」

あまり関心がなさそうに恵子は答えたが、真冬は「そうか」と声を上げそうになった。

すべての図式が見えてきた。今川から得ている情報と符合する。

「なんであなたはそんな人たちの走狗になったの」

真冬の言葉に恵子の眉間に深い縦じわが寄った。

「うちのホテルを売り飛ばすって脅されてたんだ。それだけじゃない。このバカの勇夫はたちの悪い借金で首が回らなくなってた。そこにも大宝寺は嚙んでたんだ。義隆はヤクザに頼んで勇夫の指を詰めさせるとか、ドラム缶にコンクリ詰めにして海に沈めるとか言い出すんだ。たとえ、どんなバカでもあたしにとってはこの世でたったひとりの肉親だ。放ってはおけないじゃないか」

苦しげに恵子は言った。

「そうだったの」

こんな性悪女でも弟はかわいいのか……。

「ついでだから教えてやろうか。あたしはね、若い頃、潟上署地域課の警官だったのさ」

「あなたが……」

さすがに真冬は驚いた。たしかに警察官経験者なら拳銃は扱える。刑法もある程度は知っているだろう。

「義安に騙されるまでは職務に忠実な女警だったんだよ」

口もとをゆがめて恵子は笑った。

「え？　義安に……」

真冬は我が耳を疑った。

「ああ、そうさ。あたしは義安の情婦だったんだ。優花が現れて義安の気が変わったらポイ捨てさ。あのホテルを手切れ金代わりにもらってね」

自らをあざ笑うかのような恵子の声だった。

「そんな……」

真冬は答えを返せなかった。

「あたしだって、あのナマハゲ面がほしかったんだ。義安にねだったけど貰えなかった。財産価値の問題じゃあない。あの笑顔が好きだったんだ。それを優花にはホイホイとくれてやるんだからな」

悔しげに恵子は歯がみした。

恵子は自分から義安をとった女として優花に憎しみを抱いていたのかもしれない。

そんな感情を義隆に利用された可能性は否定できない。

「あんたも余計なことをしたもんだね。眠ってもらうしかないよ」

恵子は銃口を揺らめかせた。

「や、やめてっ」

真冬は短く叫んだ。

「さぁ、覚悟しな」

恵子は拳銃を構え直した。

(お願い、早く)

真冬は身体をガチガチにこわばらせて祈った。

そのときだった。

黒い影が恵子の背後に忍び寄った。

風がうなった。

恵子の拳銃に黒い棒が振り下ろされた。
特殊警棒だった。
拳銃が吹っ飛び床に落ちる音が響いた。
「ぐおっ」
「朝倉さん、拳銃を！」
和美が叫んだ。
真冬はあわてて拳銃を拾い上げて構える格好をした。
実は拳銃を持つのは初めてだ。撃てるはずなどない。
真っ青になった勇夫は全身をガクガクと震わせて動けずにいる。
和美は容赦なく警棒を恵子の肩に振り下ろした。続けて背中にも。
立て続けに警棒はうなった。
乾いた打撃音が響いた。
和美は恵子の背後に迫った。
「ぐへっ」
恵子はうめき声を上げた。
あっという間に和美は恵子の右腕を後ろにねじ上げた。

「痛たたたっ、痛いっ」

恵子の右腕でカチャリと手錠が鳴った。

続けて左腕でも低く響いた。

「戸沢恵子、二〇時一三分。公務執行妨害罪の現行犯として逮捕する」

和美は高らかに宣言した。

「伏兵がいるのに気づかなかったのが失敗だったな」

「クソ女っ」

恵子はそっぽを向いて毒づいた。

この作戦は和美の立案だった。

なかなか出てこないから、真冬は肝を冷やした。

「朝倉さん、それ危ないから預かります」

「あ、はいっ」

和美は拳銃を受け取ると、腰のベルトに差した。

「なんで隠れてやがったんだ」

両手を手錠で縛められた姿で恵子が叫んだ。

「敵の人数がわからないからね。わたしが最初からお堂のなかにいたら、あんたはすぐに撃ってきただろう。伏兵は兵法の常道だよ」

　和美は平らかな声で答えた。

「孫子（そんし）の兵法かよ」

　恵子はそっぽを向いた。

「こわかった」

　真冬は和美に言った。身体の震えはまだ止まっていなかった。

「ごめんなさい。少しでもこの女にしゃべらせたかったから……。でも、この女は背後にはまったく注意を払ってなかった。実はわたし直前まで恵子の足に銃口向けてたんです」

　和美は頭を下げた。

　たしかに恵子の自供は完全にとれた。真冬のポケットではずっとＩＣレコーダーがまわっていた。

「戸沢勇夫っ」

　きつい声で呼ばれて勇夫は縮み上がった。

「は、はい」

　勇夫は腰を抜かし、足を投げ出してその場に座り込んでいる。

「殺人幇助の重要参考人として来てもらう。抵抗すると痛い目に遭うからな」

和美は厳しい声で警告した。

「わ、わかった。抵抗しない」

「よしっ、従いて来い」

和美は恵子の腕を摑んでお堂の外に出した。続けて勇夫がうなだれて従いてゆく。

真冬は転ばないように気をつけて階段を下りた。

被疑者ふたりを後部座席に乗せて覆面パトカーはなまはげラインへと走り出した。

4

男鹿船川警察署の講堂は三階にあった。

入口に『真山経営コンサルタント銃殺事件捜査本部』と墨書されている。

真冬たちは恵子と勇夫を連行して堂々と入室した。

捜査員は少なくガランとしている。

パラパラと座っている連絡要員などがあ然とした表情で真冬たちを見ている。

予想外の事態に誰もが言葉を失っているようである。

「な、なんだ。おまえたちは」

前方の幹部席中央に座っていたサマースーツ姿の男がとまどいの声を上げた。

定年前で髪の毛がほとんどない太った男である。

丸い顔にあぐら鼻、太い眉がなんとなく落語に出てくる因業（いんごう）大家というイメージだ。

着座位置からしてこの男が道川五郎刑事部長に間違いない。

「道川刑事部長、捜査一課の進藤和美です」

和美は平然とのたまった。

「おまえは外したはずだ。秋田に帰れと言いつけただろう」

不機嫌そのものの表情で道川部長は答えた。

「真山経営コンサルタント銃殺事件の被疑者戸沢恵子と、本日発生しました三ノ目潟女性殺人事件の幇助犯戸沢勇夫を連行しました」

和美は堂々と言い放った。

観念したのか、戸沢姉弟はうなだれておとなしくしている。

「なんだとっ」

道川部長は目を剝いた。

「それから……ご紹介します。警察庁地方特別調査官の朝倉真冬警視です」

和美が高らかに真冬を紹介してくれた。

「朝倉でございます」

相手は警視正だから、いちおう丁重な態度をとった。

「なんの用だ」

威丈高な態度で道川は言った。

「道川部長、あなたは真山経営コンサルタント銃殺事件の捜査本部長でありながら、捜査を妨害した嫌疑が掛かっております。刑法第一〇三条の犯人隠避罪と国家公務員法違反および職務怠慢による懲戒処分を受ける恐れがあります」

真冬は淡々と道川部長の罪責を告げた。

まわりの捜査員たちは完全に静まりかえっている。

「ふざけたことを言うなっ」

道川は嚙みつきそうな顔で怒鳴った。

「わたしはまじめに申しあげております」

涼しい顔で真冬は言った。

「わたしがなにをしたと言うんだ」

眉を吊り上げて道川部長は叫んだ。

「あなたが警察官僚出身の国会議員浅利勝則の圧力に屈し、真山経営コンサルタント銃殺事件について故意に誤った捜査指揮をとったことは証言が取れています。警察幹部としてあるまじき行動です。恥を知りなさい」

激しい口調で真冬は言った。

「ぶ、無礼な」

道川部長は怒りに身体を震わせた。

「真実を指摘されてお怒りになるのは意味がわかりませんね」

真冬は皮肉な口調で言った。

「おまえのくだらん冗談につきあっている暇はない」

吐き捨てるように道川部長は言った。

「長官官房は冗談では動きません」

真冬は静かに言った。

「ち、長官官房だと……」

道川部長は言葉を失った。

顔色がさーっと青くなった。

自分に襲いかかった災厄の大きさにようやく気づいたようた。

「はい、わたしは長官官房審議官の明智光興警視監の下命で伺いました」

「明智審議官……」

意味もなく道川部長は言葉をなぞった。

「清水政司さん銃殺事件の実行犯で、そこにいる戸沢恵子の自供があります。あなたが浅利議員の言いなりで謀議に加わっている事実を証言しています」

真冬はポケットからICレコーダーを取り出して掲げて見せた。

「そんなもん、証拠になるものか」

道川部長はそれでも強気に答えた。

「この音声データはすでに明智審議官に送付済みです。証拠になるかどうかは長官官房の判断です。ですが、長官官房の要請で浅利勝則衆議院議員について東京地検特捜部が動き始めるはずだと聞いています」

冷静な口調で真冬は告げた。ここへ来る途中で明智審議官に事態を報告した際の返信内容だった。

「なんだと……」

道川部長の声はかすれた。

「裁判上の証拠はこれからいくらでも収集できると思います。身柄確保した戸沢姉弟への事情聴取、黒幕である大宝寺義隆や浅利議員周辺への捜査など、あなたがどんなにあがいても、もう逃げ道はないのです」

湧き上がる怒りを押し殺して、真冬は静かな声で道川部長を追い詰めた。

「なにを言ってるんだ」

道川部長はそっぽを向いた。

「大宝寺義隆に揺さぶりを掛けた進藤和美警部補を、この捜査本部から外したのも、清水さん事件にメスを入れられることを恐れたからでしょう」

真冬は道川部長の目を見据えて言った。

「進藤が無能だからだ。捜査本部に無能な人間はいらんからな」

道川部長は平然とうそぶいた。

「ごまかしても無駄ですっ」

真冬が叫ぶと道川部長は、背筋を硬くして少し身を引いた。

「しっかり聞きなさい。あなたは自らの保身や利得のために警察幹部として果たすべき職責を怠った。あなたによってゆがめられた捜査指揮によって多くの捜査員が混迷に追いやられた。それればかりではありません」

真冬は力を込めて言葉を継いだ。

「あなたが清水政司さん殺害事件の捜査指揮をゆがめたために、またも貴重な生命が失われたのです」

講堂内に真冬の声が響き渡った。

まわりの人々は固唾(かたず)を呑んで真冬の言葉を聞いている。

「なんのことだ」

向き直った道川部長は目を大きく見開いた。

「秋田県警が清水さんの事件を解決しないせいで、ひとりの罪なき女性が殺害される悲劇が生じたのです。今朝、三ノ目潟で殺害された黒沢優花さんは、清水さん事件の真実を知っていた。それゆえ、彼女は大宝寺義隆の指示で口封じのために殺されました。ひとりのやさしい女性の生命が失われたことについて、あなたにも責任があるのです」

言葉にしているうちに、真冬のこころに悲しみと怒りがひろがった。

「三ノ目潟の事件など、わたしには関係がない……」

眉間に大きくしわを寄せて道川部長は答えた。

「無責任なことを言うんじゃありません。さっさと清水さん事件を解明して大宝寺義隆を検挙していれば、優花さんは死なずにすんだのです」

わき上がる怒りが真冬の胸にうず巻いていた。

「それは……」

道川部長は言葉に詰まって両目を泳がせた。

「あなたは法と倫理の命ずるとおりに生きるべきだった。道川部長、あなたのような人間が警察組織内にいることをわたしは深く恥じます。あなたはここにいるべき人間じゃないっ」

激しい口調で真冬は叫んだ。

「だが、わたしは……」

道川部長は言葉を失った。

「いずれにしても、あなたに逃げ場はありません。どんなにあがいても無駄なことです。警察庁は秋田県警刑事部を厳格に監査します。すでに県警本部長にも通告済みのはずです。わたしの任務は終了しました。あとは主席監査官の仕事です」

真冬が最後通告を突きつけると、道川部長はがくりとうなだれた。

「さんざん努力を重ねてここまで来たというのに」

弱々しい声で道川部長はつぶやいた。

「地方（じかた）で刑事部長の地位まで昇ったのは大変だったでしょう。けれども、政治家の圧力に屈したせいですべてを失いましたね。エゴイズムで職務をゆがめる警察官は全国民の敵です」

真冬はさらに追い打ちを掛けた。どんな非難しても足りない男だ。

「わたしは終わりなのか」

救いを求めるような目で道川部長は真冬を見た。

「あたりまえじゃないですか。警察官としてのあなたは終わりです。しかるべき場所で悔悟と反省の日々を送りなさい」

許せない思いを真冬は言葉に込めて一語一語明確に発生した。

「誰か……助けてくれ……」

消え入りそうな声で道川部長は頭を抱えた。

「では、わたしはこれで失礼します」

真冬は一礼すると、踵を返した。

「このふたりを取調室に連れて行きなさいっ」

和美が声を掛けると私服捜査員たちがわらわらと動き始めた。

「よしっ、大宝寺義隆と主治医の豊島医師の身柄を確保だっ。五人ばかりわたしに従いて来なさいっ」

和美は走り出した。

「あっ、進藤さん、浪岡さんの身柄を釈放してください」

真冬はあわてて声を掛けた。

「誰か、下に行って刑事課の取調室から浪岡顕人さんを釈放してきてっ。じゅうぶんに謝罪してね」

和美が声を掛けるとふたりの捜査員がはじかれたように飛び出していった。

「大宝寺家でも頑張ってくださいね」

真冬はおでこのところで敬礼するポーズをとった。

「了解です。朝倉さん、ありがとう」

和美はにこやかに同じポーズを返した。

ちいさくなってゆく和美の背中は頼もしかった。

任務は完了した。

だが、自分には優花の死を防ぐことができなかった。

仕方のないことだが、真冬のこころを苦いものがふさいでいた。

それでも自分の働きで秋田県警の膿を出すことができた。

自分の職責の重さを真冬はあらためて噛みしめていた。

男鹿船川署から出て空を見上げると、暗い海辺に満天の星が輝いていた。
この美しい男鹿の地に起きた悲しいできごとに、真冬の胸に深い悲しみがひろがった。
こんなできごとはもう二度と起きてほしくない。
祈るような気持ちで真冬は星を眺め続けていた。
潮の香りを乗せた風が真冬の身体を静かに通り抜けていった。

エピローグ

翌日、九時七分の秋田行きに乗るために、真冬は八時四〇分には男鹿駅のホームに来ていた。

釈放された浪岡顕人が見送りに来てくれた。

「朝倉さん、本当になんとお礼を言っていいのか。僕はあなたにひたすらの感謝と尊敬を送りたいです」

浪岡は潤んだ目で真冬を見つめた。

「そんな……わたしは仕事をしただけなんです」

真冬の全身はぽーっと熱くなった。

「僕は、あなたのような人を選べる日がいつか来ることを願っているんです」

さらっと浪岡は言った。

「え……」

真冬は心地よいめまいを感じた。

民族文化研究に情熱を傾け、工芸作品にも理解の深い浪岡のような純粋な男に選んでもらえるとしたら……。一緒にアジア各地の祭祀面を調べてまわることができたら……そんな人生は実り豊かなものなのではないだろうか。少なくともいまの仕事よりは……。

「そんな思いを込めてこれを持ってきました」

浪岡は風呂敷に包んだものを渡した。ずっしりと重い。

「開けてもいいですか?」

真冬は慎み深く尋ねた。

「ええ、もちろんです」

にこやかに浪岡は笑った。

「かっこいい！」

真冬は思わず叫んだ。

黒髪で赤い顔のナマハゲ面であった。

面長で金色の目が大きく鼻筋が通っている。

どこか浪岡に似ている。イケメンナマハゲだ。

「このナマハゲ面、昨夜必死に作ったんです。あなたに差し上げたくて……」

「本当ですか」

真冬は裏返った声で答えた。

「僕のふるさと、脇本地区飯ノ森のナマハゲをモデルにあなたのために作った面です。受け取って頂けますか」

やさしい笑顔で浪岡は言った。

「もちろんです」

一オクターブくらい高い声で真冬は答えた。

「嬉しいな。朝倉さんと一緒に暮らせるんだから」

浪岡はてらいなく、とんでもない言葉を口にした。

「え……」

真冬は我が耳を疑った。

「押し入れなんかに入れずに、ぜひ飾って下さいね」

次の浪岡の言葉で真冬の興奮は一挙にしぼんだ。

なんだナマハゲ面の話か。

「あの……わたし……なんだか東京に帰りたくないような気がしてきました」

身をよじって真冬は言った。

「あははは、男鹿市民になりますか」

明るい声で浪岡は笑った。

「それもいいかなと……」

半分は本音だった。

「男鹿市民のひとりとしてお礼を申しあげます。僕にとって男鹿はふるさとであり、研究対象の土地であり……そして愛し続ける人が眠る土地です」

まじめな顔で浪岡は言った。

「それって優花さんの……」

ちいさい声で真冬は訊いた。

「ええ、仏さまが秋田大学から帰ってきたら野辺送りをしなければなりません。彼女には親族がいないのです」

しんみりとした声で浪岡は言葉を継いだ。

「だから旅は別としてここに暮らし続けます。悲しみが癒えるその日まで……」

浪岡は遠い目をした。

真冬は恥ずかしさで全身の毛穴から汗が噴き出る思いだった。

「ずっとずっと愛し続けてください」

なんと答えていいかわからず、妙な返事をしてしまった。

だが、浪岡は気にするようすはなかった。

「実は僕たちは悩み続けていたのです。義隆は、優花さんが誰かと結婚したら、あの《男鹿路》を返せと脅していました。義安以外の男を選んだのだから当然だと。でも、彼女はあの店を愛していた。お客さんたちに秋田料理を出して喜んでもらえることが生きがいだった。だから、彼女は誰かと結婚することを選べなかったのです。大宝寺義隆は優花さんを憎んでいたから、そんな嫌がらせをしたんです……」

浪岡は暗い声で言った。

いくつもの疑問が氷解した。

あの晩《男鹿路》を出るときに見せた優花の淋しげな笑顔は、浪岡との愛を貫けぬ悩みから出たものだったのだ。浪岡と話していたときの耳の痛みも、優花を思う気持ちを全うできない浪岡の苦しみを真冬が感受していたのだ。

真冬の身体は恥ずかしさで熱くなった。

「では、今日は船越地区のフィールドワークがありますのでこれで失礼します。朝倉さん、またいつか必ず男鹿においでください」

表情を改めて、にこやかに言って浪岡は右手を差し出した。

「はい、必ず……」

握り返した浪岡の手は華奢であたたかかった。

浪岡は一礼すると改札口へと去っていった。

真冬はその後ろ姿をぼう然と見送った。

「ふうん、朝倉さん彼が好みなのね？」

後ろから声を掛けられて心臓が止まるかと思った。

「なに？　驚いたっ」

振り返ると、薄いピンクのパンツスーツを着た和美が立っていた。

「なんだか甘いムードだったけど、帰っちゃいましたね」

和美は笑いをこらえている。

「あの人、一生、優花さんの魂と暮らしていくって」

口にしたくない言葉を真冬は言った。

「へぇ、志操堅固（しそうけんご）な人ですね」

あきれ顔で和美は言った。

「たぶんそう……」

真冬は気の抜けた声で答えた。

「いまどき珍しい」

からかうように和美は言った。

「たぶんそう……」

真冬の声は変わらなかった。

いきなり和美は姿勢を正し、深々と一礼した。

「お世話になりました。こころより御礼申しあげます」

和美はきまじめな声で礼を述べた。

「こちらこそ、進藤さんにはなんてお礼を言っていいのか」

ちょっと胸が詰まった。

「朝倉さんのおかげですべてがうまくいってます」

弾んだ声で和美は言った。

「そう、よかった！」

真冬は嬉しかった。努力は実ったのだ。

「道川部長はあのまま男鹿船川署で事情聴取されています。浅利議員の立件に向けて県警捜査二課がプロジェクトチームを結成すると聞いています。新しい刑事部長が来るはずです。新体制で秋田県警刑事部頑張ります！」

ちからづよく宣言する和美に、真冬は拍手を送った。

「秋田にまたぜったい来ますね。大切な友だちに会うために」

「それって浪岡さんのこと？」

和美はにやにや笑っている。

「違います。あなたのことです」

真冬の言葉に和美は心底嬉しそうに笑った。

「今度は一緒に男鹿温泉に泊まりましょ」

口もとに笑みを浮かべて和美は言った。

「夕陽を眺めてお風呂入って美味しいもの食べて……ぜったいやりましょう」

つよい希望を込めて真冬は言った。

「本気で待ってますよ」

和美はちょっと目を潤ませた。

「ありがとう。じゃあもう出発だから」

真冬の目も潤んできた。

「はい、お気をつけて」

和美はもう一度身体を折った。
手を振ってアイボリーとグリーンの二両連結のディーゼルカーに乗り込んだ。
なんとこの車両にもドア近くにナマハゲが描いてある。
椅子に座ると、窓の下に和美が立っている。
出発メロディが鳴った。
ガラガラと響いていたアイドリング音の調子が変わった。
列車はゆっくりと動き始めた。
和美は列車を追いかけて走ってくる。
真冬は手を振り続けた。
ホームの端まで来た和美は柵の向こうで大きく両手を振った。
手を振り返しながら、真冬はずっと和美の姿を見つめていた。
ありがとう。和美。ありがとう。男鹿。
こころのなかで真冬は繰り返した。
やがて和美は見えなくなり、ホームも陽炎(かげろう)の彼方に消えていった。

この作品は徳間文庫のために書下されました。
なお本作品はフィクションであり実在の個人・団体などとは一切関係がありません。

徳間文庫

警察庁ノマド調査官 朝倉真冬

男鹿(おが)ナマハゲ殺人事件(さつじんじけん)

2022年9月15日 初刷

著者 鳴神響一(なるかみきょういち)

発行者 小宮英行

発行所 株式会社徳間書店

東京都品川区上大崎三−一−一 〒141−8202
目黒セントラルスクエア

電話 編集〇三(五四〇三)四三四九
販売〇四九(二九三)五五二一

振替 〇〇一四〇−〇−四四三九二

印刷
製本 大日本印刷株式会社

ISBN978-4-19-894777-4

徳間文庫の好評既刊

鈴峯紅也
警視庁公安J

書下し

幼少時に海外でテロに巻き込まれ傭兵部隊に拾われたことで、非常時における冷静さ残酷さ、常人離れした危機回避能力を得た小日向純也。現在は警視庁のキャリアとしての道を歩んでいた。ある日、純也との逢瀬の直後、木内夕佳が車ごと爆殺されてしまう。

鈴峯紅也
警視庁公安J
マークスマン

書下し

警視庁公安総務課庶務係分室、通称「J分室」。小日向純也が率いる公安の特別室である。自衛隊観閲式のさなか狙撃事件が起き、警視庁公安部部長長島が凶弾に倒れた。犯人の狙いは、ドイツの駐在武官の機転で難を逃れた総理大臣だったのか……。

徳間文庫の好評既刊

今野 敏

逆風の街
横浜みなとみらい署暴力犯係

　神奈川県警みなとみらい署。暴力犯係係長の諸橋は「ハマの用心棒」と呼ばれ、暴力団には脅威の存在だ。地元の組織に潜入捜査中の警官が殺された。警察に対する挑戦か!? ラテン系の陽気な相棒城島をはじめ、はみ出し㊪諸橋班が港ヨコハマを駆け抜ける！

今野 敏

禁　断
横浜みなとみらい署暴対係

　横浜元町で大学生がヘロイン中毒死。暴力団田家川組が関与していると睨んだ神奈川県警みなとみらい署暴対係警部諸橋。だが、それを嘲笑うかのように、事件を追っていた新聞記者、さらに田家川組の構成員まで本牧埠頭で殺害され、事件は急展開を見せる。